Beryl Bye

Notlandung im Dschungel

Verlag BIBELLESEBUND Winterthur/Marienheide

Originaltitel: »Three's Company«
Erschienen bei: Scripture Union (Bibellesebund), London
© Text: 1961 by Beryl Bye
© Illustrationen: 1974 by Ligue pour la Lecture de la Bible (Bibellesebund),
Guebwiller
Deutsch von Doris Hoppler

ISBN 3-87982-071-6

1. Auflage 1976
2. Auflage 1979
© der deutschsprachigen Ausgabe:
1976 by Verlag Bibellesebund, Winterthur
Alle Rechte vorbehalten
Umschlag: Marco Avigni
Illustrationen: Annie Panthöfer
Druck: St.-Johannis-Druckerei, Lahr
Printed in Germany

Inhalt

1. Das neue Zuhause 5
2. Der Papierdrachen 13
3. Ein ausgefüllter Tag 20
4. Der Zirkus 26
5. Der Geburtstag 32
6. Beim Zelten 41
7. Im Zoo 49
8. Ferien am Meer 56
9. Unvorhergesehenes 63
10. Onkel Roberts Neuigkeiten 70
11. Weihnachten bei Oma 76
12. Bitte anschnallen! 84
13. Am Flussufer 91
14. Eine Nacht im Dschungel 99
15. Die Indianer 106
16. Das Geheimnis des Herrn Sagos 113

1. Das neue Zuhause

Die Hände tief in die Taschen meines neuen Regenmantels gesteckt, stehe ich auf dem Kai und schaue dem Regen zu, wie er auf die Wellen niederprasselt. Ich spüre, wie es auf meine Kapuze regnet und wie die Regentropfen meine Nase hinunterlaufen.

Aufmerksam folge ich dem Schiff, das sich langsam entfernt. Schon kann ich Papas Umrisse nicht mehr erkennen, und Mamis weisses Taschentuch ist im Nebel verschwunden.

»Lass uns gehen!« bittet Tante Anni und legt mir ihre Hand auf die Schulter. »Jetzt sieht man ja doch nichts mehr.«

Seufzend folge ich meiner Tante. Die Kehle ist mir wie zugeschnürt, als litte ich an Mumps. Ich zittere am ganzen Körper. Aber da stehen wir auch schon neben dem Wagen.

»Komm, wir trinken irgendwo etwas Warmes, um uns aufzuwärmen«, schlägt Tante Anni vor. »Wir haben lange genug gefroren auf dem Kai!«

»Es waren doch nur 35 Minuten«, murmele ich vor mich hin und betrachte stolz meine neue Uhr. Sie ist das Abschiedsgeschenk von Mama und Papa.

Gestern abend, als wir mit Oma zusammensassen, hatte mir Mama die Uhr gegeben. Ich kniete auf dem Teppich und war dabei, Maronen (Kastanien) im offenen Kamin zu braten. Mama zeigte mir, wie man sie ständig drehen muss, damit sie überall gleich knusprig werden.

»Ich glaube, ich bring keine einzige Marone mehr herunter«, bedauerte ich und betrachtete nachdenklich die letzten sechs Maronen, die im Feuer lagen.

»Das wundert mich nicht«, lachte Mama und schaute auf die Unmengen von Schalen, die vor mir auf dem Teller lagen.

»Wann werde ich wohl das nächste Mal Maronen rösten mit dir, Mami? Das wird ja endlos lange dauern bis zum nächsten Mal...«

»Sei nicht traurig, Joel! Du wolltest doch tapfer sein. Vergiss das nicht!«

»Kann man in Brasilien überhaupt Maronen rösten?« fragte ich nachdenklich. »Und übrigens, wirst du mir auch viele und lange Briefe schreiben? Ich werde sicher Heimweh haben, wenn ihr weg seid.«

»Natürlich schreibe ich dir oft, Joel. Mindestens zweimal jede

Woche«, versprach Mama. »Und weisst du, wenn die Schule wieder beginnt, wird die Zeit im Nu vergehen. Was ist denn schon ein Jahr?«

»Dreihundertfünfundsechzig Tage – das ist doch sehr lange, Mama! Und wenn es noch länger dauert?«

»Denk jetzt nicht mehr daran, mein Junge. Schau mal, hier habe ich eine Überraschung für dich. Es ist unser Abschiedsgeschenk. Aber vielleicht willst du's lieber heute abend schon?«

»O ja, bitte, bitte!« flehte ich. Was mochte das wohl für eine Überraschung sein?

Mama nahm ein kleines Päckchen aus ihrer Handtasche. Es war sorgfältig in buntes Papier eingewickelt.

»Pass auf! Lass es nicht fallen!« schärfte sie mir ein.

Wenn man ein Geschenk bekommt, ist der schönste Augenblick dann, wenn man erst das Papier, mit dem es eingepackt ist, entfernt hat, und noch nicht sieht, was in der Schachtel ist. So hielt ich die geschlossene Schachtel in meiner Hand und betrachtete sie aufmerksam.

Gespannt öffnete ich die kleine Schachtel, um im nächsten Augenblick in lautes Freudengeschrei auszubrechen:

»Eine Uhr! Oh, Mami, das ist ja wunderbar! Ich habe mir so sehnlich eine gewünscht.«

»Dann denk daran, Joel, daß uns jede Minute dem Augenblick näher bringt, in dem wir uns wiedersehen. Sobald wir gut eingerichtet sind, wirst du zu uns kommen.«

»Könnte ich denn nicht jetzt schon mitkommen? Es ist mir doch gleich, wie ich wohne. Hauptsache, ich bin bei euch.«

»Mach es nicht noch schwieriger für uns, mein Schatz. Du weisst doch, dass wir in Manaus erst einmal im Zelt wohnen müssen. Sobald wir dann in einem Haus wohnen und eine Schule für dich gefunden haben, holen wir dich. Die Tage werden so schnell vergehen, dass du kaum Zeit haben wirst, an uns zu denken.«

»Hoffentlich werden mich Peter und Franziska mögen«, seufzte ich.

»Aber sicher. Da brauchst du keine Angst zu haben. Ihr werdet euch bestimmt ganz prima verstehen. Schliesslich seid ihr ja miteinander verwandt.«

»Stimmt. Franziska, Peter und ich heissen gleich, weil Onkel Robert und Papa Brüder sind.«

»Und du kennst sie gut. Du hast sie doch oft gesehen!«

»Ja, aber dann waren wir nur einen Tag zusammen. Und jetzt soll ich so lange bei ihnen sein. Und Papa und du werden nie mehr kommen...«

»Onkel Robert und Tante Anni werden dich wie ihr eigenes Kind behandeln«, versicherte mir Mama. »Wenn ich das nicht ganz sicher wüsste, hätte ich mich nicht entschliessen können, dich hier zurückzulassen.«

Da kam plötzlich Oma zur Tür herein und machte das Licht an. Ich sprang auf und hielt ihr meine neue Uhr entgegen. Die musste sie unbedingt sofort sehen.

»Hier könnten wir hineingehen«, schlägt Tante Anni vor und reisst mich aus meinen Gedanken. Sie hält mit dem Wagen in einer schmalen, ruhigen Straße vor einem sauber aussehenden Restaurant.

»Hoffentlich darf man hier überhaupt parken«, bemerkt sie, während sie den Motor abstellt.

»Schau mal, da vorne. Du stehst mitten im Parkverbot«, antworte ich Tante Anni.

Meine Tante schaut die Straße hinauf und hinunter. Doch dann meint sie zuversichtlich:

»Macht nichts! Ich werde mal mein Glück versuchen. Es ist

kein Mensch zu sehen, und so lange bleiben wir ja nicht hier. Steig schnell aus, Joel, und renn schon hinüber. Ich komm gleich nach.«

Drinnen ist es schön gemütlich und warm. Wir setzen uns an einen kleinen runden Tisch. Die Kellnerin bringt uns Tee, warme Brötchen und Butter. Ich will gerade einen großen Bissen nehmen, da fällt mir ein, dass ich Gott noch nicht gedankt habe. Tante Anni scheint das Beten auch zu vergessen, denn sie ist gerade dabei, die Tasse zum Mund hochzuheben. Aber ich kann sie doch nicht an das Gebet erinnern. Ich will nicht ungezogen sein. Und schliesslich weiss ich, daß nicht jedermann vor dem Essen betet. Auf der anderen Seite komme ich mir undankbar vor, wenn ich Gott für diesen herrlichen Imbiss nicht danke. So überlege ich hin und her.

»Schmeckt es dir nicht?« fragt Tante Anni erstaunt.

»Doch, danke«, sage ich und senke errötend den Kopf.

»Dann fang an«, fordert sie mich auf.

»Ja, danke«, murmele ich und nehme einen grossen Bissen. Fast verschlucke ich mich daran. Und schnell muss ich mit Tee nachspülen, damit ich nicht schrecklich zu husten anfange.

Mir ist wieder richtig warm, als wir das Restaurant verlassen. Doch plötzlich sehe ich einen Polizisten neben unserem Wagen. Er zieht einen grossen Notizblock aus seiner Manteltasche und fragt meine Tante nach ihrem Namen und ihrer Adresse.

»Aber – was habe ich denn angestellt?« fragt sie nervös.

»Haben Sie das Parkverbot nicht bemerkt?« fragt der Polizist zurück.

Tante Anni setzt eine Unschuldsmiene auf.

»Tut mir schrecklich leid, es war schon halb dunkel und regnete in Strömen. Und ich hatte es eilig, meinem kleinen Neffen etwas zu essen und zu trinken zu geben. Da habe ich wohl nicht richtig aufgepasst.«

Der Polizist betrachtet mich freundlich, zuckt mit den Schultern und steckt seinen Notizblock wieder weg.

»Diesmal haben Sie Glück gehabt«, sagt er, »wenn Sie das Schild wirklich nicht bemerkt haben. Aber passen Sie auf. Ein zweites Mal kommen Sie nicht so gut weg.«

»Vielen Dank«, sagt meine Tante, und wir steigen ins Auto ein. »In Zukunft werde ich besser aufpassen«, versichert sie dann noch.

»Aber – ich habe dir doch das Schild gezeigt«, sage ich erstaunt, als Tante Anni anfährt.

»Ich weiss, Joel«, bestätigt sie. »Aber wenn ich das dem Polizisten gesagt hätte, dann wäre ich dran gewesen.«

»Aber du hast doch...« Ich breche den Satz ab und beisse mir auf die Lippen. Das darf man wohl nicht zu seiner Tante sagen.

Tante Anni konzentriert sich auf den Verkehr. Sie sagt nichts mehr. Und ich hänge meinen Gedanken nach.

Unser kleines Auto hat die Kilometer bis St. André bald hinter sich gebracht. Und schon stehen wir vor dem hübschen kleinen Haus meiner Verwandten.

Peter und Franziska stehen am Fenster und warten auf uns. Als sie den Wagen entdecken, stürzen sie aus dem Haus und begrüssen uns stürmisch.

»Pass auf die Tür auf, Mami!« schreit Peter, während seine Mutter den Motor abstellt.

»Sag mal, Peter, du denkst wohl, ich sei die einzige, die die Farbe am Garagentor beschädigt!« entgegnet Tante Anni.

»Hm! Immerhin hast du das Tor dreimal gerammt«, erwidert Peter nicht gerade freundlich.

»Meine Einkaufstasche ist hinten im Wagen, Peter. Bringst du sie mir bitte?«

»Ja«, antwortet Peter und öffnet schnell die hintere Wagentür.

»Pass auf, dass du keinen Kratzer machst!« ruft ihm seine

Mutter zu. Aber es ist zu spät. Peter leckt schnell seinen Finger und versucht, die verräterische Spur im Lack zu beseitigen. Doch es gelingt ihm nicht.

Er schimpft: »Du hättest den Wagen nicht so nah an die Wand stellen dürfen.«

Aber seine Mutter schneidet ihm das Wort ab und sagt: »Kommt, lasst uns jetzt ins Haus gehen.«

Ich folge ihr ins Haus. Peter und Franziska schliessen die Haustür hinter uns. Sie sind gespannt, was Mutter alles eingekauft hat.

»So, nun hört auf. Sonst denkt Joel noch, ihr hättet seit Wochen nichts mehr zu essen bekommen«, greift Tante Anni ein.

»Das stimmt ja auch. Wir haben seit... hm, seit Stunden nichts mehr gegessen«, antwortet Peter.

»Ausser drei Scheiben Brot mit Marmelade, einem Apfel und einer Tafel Schokolade«, erinnert ihn Franziska.

»Das ist ja kein richtiges Essen«, erwidert Peter geringschätzig. »Das war ja nur ein kleiner Imbiss.«

»Ist Joels Koffer schon da?« fragt Tante Anni dazwischen. »Am Bahnhof sagte man mir, er würde heute nachmittag gebracht.«

»Seitdem ich aus der Schule zurück bin, ist nichts angekommen«, sagt Franziska. »Aber vielleicht haben sie den Koffer in die Garage gestellt, weil niemand zu Hause war.«

»Das hätte ich doch eben merken müssen«, erwidert Tante Anni. »Also, Joel, du musst halt diese Nacht in einem Schlafanzug von Peter schlafen. Franziska, schau mal in der obersten Schublade meiner Kommode nach, ob da nicht noch eine neue Zahnbürste liegt. Und du, Peter, zeig Joel sein Schlafzimmer. Gib ihm dann auch gleich einen sauberen Schlafanzug von dir.«

In der ersten Etage sind vier Schlafzimmer und ein Badezimmer. Mein Onkel und meine Tante schlafen im großen Zimmer ganz vorn, Franziska in einem kleineren Zimmer ganz hinten.

»Ich muss mein Zimmer jeweils dem Besuch überlassen«, sagt sie zu mir. »Aber das passt mir nicht immer.«

»Hier ist mein Zimmer«, sagt Peter und zeigt auf die danebenliegende Tür. »Und hier ist dein Zimmer.«

Ich öffne die Tür, zünde das Licht an – und stehe in einem kleinen und freundlichen Zimmer. Alles sieht ganz neu aus: die Tapeten, der Teppich und auch das Bett. Ob Onkel Robert und Tante Anni extra für mich alles neu herrichten liessen? Neben dem Bett steht ein Kleiderschrank, daneben ein leeres Bücherregal und ein einfacher Schreibtisch mit einer Lampe.

Peter wirft einen Schlafanzug auf mein Bett, und Franziska legt ein Handtuch und eine Zahnbürste auf das Bücherregal.

»Ich kann schon den Tee riechen«, sagt Peter und rümpft die Nase.

»Ich auch«, erwidert Franziska.

»Komm, sobald du ausgepackt hast«, ruft mir Peter zu und springt die Stufen hinunter.

Da bin ich nun ganz allein. Die beiden haben vergessen, dass ich ja gar nichts auszupacken habe. Ich ziehe die Jacke aus und hänge sie in den leeren Schrank. Eine der Seitentaschen ist ganz dick. Da fällt mir plötzlich wieder ein, daß Papa mir ein kleines Päckchen in die Hand drückte, als er sich auf dem Kai verabschieden mußte.

Ich setze mich auf mein Bett und packe es aus. Es ist eine kleine Bibel mit einer roten Lederhülle, und in der rechten Ecke stehen die Anfangsbuchstaben meines Namens. Vorne, auf dem ersten weissen Blatt, hat Papa etwas geschrieben: »Jesus spricht: Siehe, ich bin bei euch alle Tage bis an der Welt Ende!« Ich schliesse die Bibel wieder und lege sie auf das Nachttischchen. Nun fühle ich mich schon etwas zu Hause. Schnell gehe ich die Treppe hinunter zu meinen Verwandten.

2. Der Papierdrachen

Franziska deckt den Tisch, und Peter zeigt mir ein Buch, das den Titel trägt: »Bastelarbeiten«. Peter hat sich das Buch in der Schulbibliothek ausgeliehen. Plötzlich vernehme ich ein seltsames Pfeifen.

»Das ist Papa«, ruft Franziska freudig. Sie lässt das Besteck auf den Tisch fallen und rennt zur Haustür, gefolgt von Peter. Nur ich bleibe an Ort und Stelle stehen und fühle mich auf einmal unbehaglich.

»Wo ist denn mein neuer Junge?« fragt eine fröhliche Stimme. Da fühle ich mich wieder besser, denn ich weiss, dass Onkel Robert mich meint.

»Bis jetzt wurde ich immer von zwei Löwen empfangen, ab sofort werden es drei sein. Und der dritte hat eine helle Mähne!« Er lacht und fährt mir durch die Haare.

Peter und Franziska blättern vergnügt in Comicheften, und Onkel Robert gibt auch mir eines. Wie nett, daß er an mich gedacht hat.

»Freitag abends gibt es immer Comics. Und Papa hat es noch nie vergessen«, erklärt Peter. Zufrieden legen wir uns auf den Teppich, um sofort mit der Lektüre anzufangen.

Nach dem Essen spülen Tante Anni und Onkel Robert das Geschirr. Wir Kinder putzen unsere Schuhe.

»Beschmiert aber bitte nicht den Fussboden mit schwarzer Schuhwichse«, mahnt Tante Anni.

»Peter hasst Schuheputzen«, flüstert mir Franziska zu. »Er macht die Schuhe nur oben sauber. Aber Papa merkt es nicht.«

Peter ist bereits fertig! »Wir haben gerade noch Zeit, ein Kartenspiel zu machen, bevor wir ins Bett gehen müssen«, bemerkt er. »Spielst du mit, Papa?«

»Einverstanden. Aber nur eine Runde«, antwortet Onkel Robert. »Und wehe, ich gewinne nicht!«

Franziska lacht: »Es ist ihm nicht ernst«, flüstert sie mir zu. »Als ich klein war, fing ich immer an zu weinen, wenn ich nicht gewann. Und Papa zieht mich noch heute damit auf.«

Wir spielen eine Runde. Ich gewinne und freue mich mächtig. Peter und Franziska sind kein bisschen böse darüber.

Dann gehen Peter und ich hinauf, um uns zu waschen.

»Zieh erst dein Hemd aus«, schlägt Peter vor. »Mami schimpft, wenn wir alles vollspritzen, aber sie will auch, dass wir uns die Handgelenke waschen.«

»Und die Knie?«

Peter schaut sich meine aufmerksam an.

»An deiner Stelle würde ich sie nicht waschen«, sagt er dann. »Sie sind ja kaum schmutzig. Schlüpf schnell in den Schlafanzug, dann sieht Mama nichts mehr. Meine sind ebenfalls kaum schmutzig. Ich habe erst gestern gebadet.«

Wir vergnügen uns mit Seifenblasen, als es energisch an die Tür klopft.

»Beeilt euch ein bisschen. Ihr seid ja schon eine Ewigkeit hier! Ich will mich endlich auch waschen«, ruft Franziska.

Peter und ich trocknen uns das Gesicht und die Hände. Dann zeigt mir Peter, wie man aus Seife Marienkäfer macht: Wir nehmen die runde Seife und verzieren sie mit Zahnpastatupfern. Dann entfernen wir die Zahnpasta wieder und putzen uns damit die Zähne – wie das schäumt!

»Raus!« ruft Franziska ärgerlich und schlägt mehrere Male gegen die Tür.

»Immer mit der Ruhe!« schreit Peter zurück. »Diese dummen Mädchen lassen uns nicht einmal Zeit, die Hände zu waschen!«

Dann öffnet er die Tür.

»Ach, du liebe Zeit! Ihr seid ja kein bisschen sauberer als vorher, dabei habt ihr sooo lange gebraucht«, schimpft Franziska entsetzt. Schnell macht sie einen Satz zur Seite, denn Peter versucht, sie an ihrem langen Pferdeschwanz zu ziehen.

»An eurer Stelle würde ich mich schnell ins Bett verziehen, bevor Mami eure Knie sieht!«

Das ist bestimmt ein guter Rat. Und so liegen wir beide wenige Sekunden später in unsern Betten.

Ich blättere in der neuen Bibel. Papa hat ein Heftchen mit Texterklärungen hineingelegt. Manchmal finde ich Bibellesen langweilig. Aber im Augenblick lese ich gerade eine spannende Spionagegeschichte, und da will ich keinen Abschnitt auslassen.

Nachdem ich den Abschnitt in der Bibel zu Ende gelesen habe, schliesse ich die Augen und denke an Papa und Mama, die irgendwo, weit weg von hier, auf dem Ozean schwimmen. Was sie wohl in diesem Moment machen? Ob sie an mich denken? »Bitte, Herr Jesus, bewahre sie und mach, dass es nicht so lange dauert, bis ich sie wiedersehe. Und hilf mir, Herr Jesus, dass ich nicht vergesse, mit dir und für dich zu leben. Hilf mir, dass ich nicht zu feige bin, von dir zu erzählen. Hilf mir, dass ich auch Franziska und Peter von dir erzählen kann, wenn die Gelegenheit kommt.« Während ich bete, habe ich den Eindruck, dass Mama und Papa und Jesus hier bei mir sind. Ich bin froh, dass ich mit Jesus gesprochen habe.

Tante Anni kommt herauf, um uns gute Nacht zu sagen. Ich erkläre ihr, wie ich am liebsten schlafe: eng eingewickelt in die Decken, so dass diese eine Art Röhre um mich bilden. Sie macht es gleich das erste Mal so gut wie Mama. Dann gibt sie mir einen Gutenachtkuss und setzt sich für eine Minute auf die Bettkante.

»Ich hoffe, es gefällt dir bei uns, Joel«, sagt sie. »Wir freuen uns, dass du bei uns bist.«

Ich lächle glücklich.

»Ich glaube, mir wird es hier gut gefallen. Vorher war ich oft allein und hatte keine Kameraden. Und jetzt habe ich endlich zwei Geschwister.«

Als Tante Anni das Licht ausmachen will, fällt ihr Blick auf meine Bibel.

»Was für eine schöne Bibel. Darf ich sie mal ansehen?«

Ich stütze mich auf meinen Ellenbogen und nicke mit dem Kopf.

»Papa hat sie mir geschenkt, bevor er wegfuhr.«

»Liest du oft in der Bibel?« fragt Tante Anni weiter.

»Ja, fast jeden Tag. Papa sagt, das ist wichtig. Die Bibel gibt uns Befehle, so wie ein Offizier seinen Soldaten jeden Tag Befehle erteilt. Man kann kein guter Soldat Christi sein, wenn man nicht jeden Tag die Bibel liest.«

»Das ist bestimmt so«, murmelt Tante Anni. Sie scheint einen Augenblick vor sich hin zu träumen.

»Joel, früher war ich auch einmal ein guter Soldat. Da habe ich jeden Tag meine Befehle in Empfang genommen, wie du das tust. Aber jetzt... ich habe immer soviel zu tun... Da ist es schwer, noch einen freien Augenblick zu finden, um die Bibel zu lesen...«

»Mir geht es manchmal auch so. Wenn ich aber keine Zeit finde, die Bibel zu lesen, tut es mir nachher leid. Ich denke dann, dass Gott mit mir reden wollte, aber nicht konnte, weil ich nicht zuhören wollte.«

»Peter und Franziska wissen nicht viel von der Bibel«, erzählt meine Tante weiter. »Vielleicht – wenn sie sehen, dass du die Bibel liest – vielleicht würden sie sie dann auch lesen. Ich hoffe es zumindest. Und nun, schlaf schnell, Joel. Sonst bist du morgen nicht ausgeschlafen.«

Sie löscht das Licht und geht in Peters Zimmer. Dann höre ich, wie mein Vetter schimpft. Anschliessend höre ich Schritte. Ich höre, wie im Badezimmer das Wasser rauscht und begreife, dass Tante Anni Peter mit einem Waschlappen wäscht!

»Sie waren doch kaum schmutzig!« protestiert Peter weiter. »Das ist vergeudete Zeit!«

Dann wird es ganz still. Tante Anni ist hinuntergegangen. Mein Bett ist weich. Ich kuschele mich ganz tief hinein. Aber ich kann nicht schlafen. Ich weiss, was ich tun muss. Endlich schlüpfe ich aus dem Bett und gehe ins Badezimmer. Die Tür lasse ich einen Spalt auf, damit ich vom Flur etwas Licht habe. Dann wasche ich mir meine Knie.
»Was machst du, Joel?« fragt Peter und schaut aus seinem Bett durch den Türspalt.
»Nichts... Ich wasche mir meine Knie!«
»Du bist verrückt!«
Ich lache verlegen. Vielleicht bin ich es wirklich.

Ich habe den Eindruck, höchstens zehn Minuten geschlafen zu haben, als jemand in mein Zimmer schlüpft und mir ein weiches Fell auf das Gesicht legt. Mit einem Satz sitze ich im Bett.
»Na, du kleine Schlafmütze«, lacht mich Franziska aus. »Es ist sieben Uhr. Ich hab dir meinen ›Tiger‹ mitgebracht, damit du ihn kennenlernst.«
Das Fellknäuel setzt sich behaglich auf meine Bettdecke und fängt an, sich seine Pfoten zu lecken. Mit dem Schwanz wischt es mir über das Gesicht. Das kitzelt mich, und ich muss niesen.
»Ist Tiger nicht wunderbar?« fragt Franziska und drückt das Tier liebevoll an sich. »Ich hab ihn zu Weihnachten bekommen. Er ist der schönste Kater auf der ganzen Welt.«
Ich bewege die Beine, und Tiger hört auf, sich zu lecken. Interessiert beobachtet er, was passiert. Dann stellt er sich auf und springt vom Bett.
»Wir nennen ihn Tiger«, belehrt mich Franziska, »weil er gerne Vögel jagt. Sonst ist er ganz zahm.«
Der Kater spitzt die Ohren und beobachtet seine kleine Herrin.
»Er versteht, was ich ihm sage! Unsere Nachbarin hat einen Vogelkäfig in ihrem Garten, und Tiger beobachtet immer die

Vögel. Er springt auf die Gartenmauer und lässt sie nicht aus den Augen. Doch die Nachbarin hat einen großen Hund, und ich habe Angst, dass der eines Tages Tiger töten wird. Aber ich kann Tiger nicht erklären, dass er die Vögel in Ruhe lassen soll.«

»Ach, Katzen sind schlau. Der Hund wird ihn nie fangen können. Vielleicht müsstest du Tiger einmal strafen, damit er merkt, dass er das nicht darf.«

»Ich bringe es einfach nicht übers Herz, Tiger böse zu sein«, erwidert Franziska und streicht ihrem Kater zärtlich übers Fell.

Sie geht langsam ans Fenster.

»Joel, schau mal, wie schön es heute ist. Es regnet nicht mehr, und viele kleine Wolken ziehen am Himmel vorüber.« Peter kommt jetzt auch in mein Schlafzimmer. Er ist erst halb angezogen, und seine Haare sind noch ungekämmt.

»Joel, heute könnten wir prima einen Papierdrachen fliegen lassen. In dem Buch, das ich dir gestern abend gezeigt habe, steht, wie man selbst einen wunderschönen basteln kann. Wir müssen nur noch einige Dinge einkaufen: Holzstäbchen, Papier, vielleicht auch einen Knäuel Schnur...«

»Darf ich euch helfen?« bittet Franziska.

»Vielleicht. Wenn du versprichst, dass du nur machst, was wir dir sagen«, antwortet ihr Bruder grosszügig.

So machen wir uns nach dem Frühstück und dem Abwasch auf den Weg nach St. André. Wir finden fast alles, was wir brauchen. Nur eine gute, dicke Schnur müssen wir lange suchen. Endlich sehen wir in einem Antiquitäten-Schaufenster eine gebrauchte Angelschnur. Der alte Verkäufer will drei Franken dafür haben. Aber wir haben nicht mehr soviel.

»Ach, ihr könnt sie trotzdem haben«, sagt er. »Ich schenke sie euch sogar.«

Peter betrachtet sie sorgfältig, bevor er sie einsteckt. Sie scheint noch ziemlich widerstandsfähig zu sein. Wir bedanken uns und gehen.

»So, jetzt müssen wir den Papierdrachen nur noch basteln«, sagt er freudestrahlend.

Aber das ist gar nicht so einfach. Das Papier klebt an unsern Fingern anstatt am Holzrahmen. Und bald sind wir ganz klebrig und schlechter Laune. Onkel Robert, der uns die ganze Zeit über beobachtet hat, kommt uns endlich zu Hilfe. Und erstaunlicherweise klebt das Papier kein bisschen an seinen Fingern. Endlich ist der Papierdrachen fertig.

»Wartet, bis alles ganz trocken ist«, rät uns Onkel Robert. »Sonst fällt der Drachen gleich wieder auseinander.«

Etwas später sind wir auf der Wiese und lassen unsern Wunder-Drachen fliegen. Er fliegt wie ein Vogel. Wir sind so glücklich, daß die Zeit nur so dahineilt. Als ich auf meine Uhr schaue, ist es bereits fünf Uhr.

»Ich sterbe vor Hunger«, stöhnt Peter und hebt den Papier-Drachen vom Boden auf.

»Und Mami hat heute morgen leckere Brötchen eingekauft«, ruft Franziska.

»Prima! Ich bin dafür, dass wir schnellstens nach Hause gehen. Wir können den Drachen ja morgen wieder fliegen lassen. Komm, trag ihn!« befiehlt Peter mir.

Ich bin ganz stolz, weil ich auch dazu beigetragen habe, dieses Wunderding zu basteln.

3. Ein ausgefüllter Tag

Tante Anni und Onkel Robert haben einen kleinen, aber schönen Garten. Am nächsten Tag zeigt Peter ihn mir. Die Wiese ist ziemlich gross, und rundherum sind Blumenbeete angelegt. Die ersten grünen Blättchen kommen schon hervor. Eine Obstbaumallee führt in den Gemüsegarten hinüber. Da sind zwei Beete – eines ist gepflegt und von hellen Muscheln eingerahmt, das andere ist vernachlässigt und voller Unkraut.

»Das war mein Garten«, erklärt Peter. »Als ich klein war, habe ich alles mögliche gepflanzt. Heute finde ich das blöd. Das können von mir aus die Mädchen machen. Franziska macht das gern. Aber für mich ist das verlorene Zeit.«

Ich bin nicht einverstanden, aber ich sage nichts. Mir würde es Spass machen, kleine Körner in die Erde zu stecken und zu beobachten, wie sie zu schönen großen Blumen oder zu Gemüse heranwachsen. Schon immer wollte ich gern einen Garten haben, aber Peter sagt, das sei blöd. Da kann ich ihn nicht gut fragen, ob ich seinen Garten haben kann. Er würde mich auslachen!

Wir steigen über den Zaun, der den Garten hinten abgrenzt, und gehen über eine große Weide.

»Früher waren hier Pferde«, erklärt Peter. »Wir haben uns mit ihnen angefreundet. Sie legten ihre Nüstern auf den Zaun und wieherten, bis sie irgend etwas Leckeres, zum Beispiel Zucker, erhielten.«

»Und wo sind sie jetzt?«

»Die Leute haben die Weide verkauft und sind mit ihren Pferden weggezogen. Und jetzt ist hier alles vernachlässigt.«

»Könnt ihr hierherkommen, wenn ihr wollt?«

»Ja«, antwortet Peter. »Es hat uns noch keiner daran gehindert. Papa sagt zwar, hier würden eines Tages Häuser gebaut, aber bis jetzt haben wir noch nichts davon gemerkt.«

»Ich finde es hier ganz toll.«

»Hier kann man prima Cowboy oder Indianer spielen. Du kannst durch das Gras kriechen, und keiner sieht dich kommen.«

»Was ist denn das?« frage ich neugierig und zeige auf eine kleine Hütte, die von den Sträuchern fast ganz verdeckt ist.

»Das ist ein alter Schuppen«, erklärt mir Peter und bahnt sich einen Weg durch die Brennesseln und Brombeersträucher. Ich folge dicht hinter ihm. Peter gibt der Tür einen Stoss, so dass sie nach hinten fällt.

»Wir haben den Schuppen manchmal als Ranch benutzt«, erklärt Peter weiter. »Und manchmal diente er uns als Panzer, wenn wir gerade den Befehl hatten, ins feindliche Gebiet einzudringen.«

»Regnet es hier herein?« frage ich und betrachte nachdenklich das Bretterdach.

»Nur ein bisschen«, antwortet Peter. »Das war früher ein ausgezeichneter Schuppen.«

»Schau mal, da steht ja eine Hobelbank, auf der ein Schraubstock befestigt ist.«

»Aber es ist alles verrostet«, entgegnet Peter und kratzt mit seinem Fingernagel etwas Rost ab.

»Ich wollte immer schon einen geheimen Ort haben, der mir ganz allein gehört. Einen Ort, an den die Erwachsenen nicht kommen können und mich zwingen, alles schön aufzuräumen und bestimmte Dinge wegzuwerfen«, sage ich mehr zu mir.

»Na gut«, bietet mir Peter grosszügig an, »dann lass uns diesen Ort doch teilen. Aber im Winter werden wir nicht oft hierherkommen können. Dann ist es hier zu kalt.«

Auf dem Heimweg kommt mir plötzlich in den Sinn, dass heute Sonntag ist. Für mich ist es ein sehr ungewöhnlicher Sonntag. Keiner ist zur Kirche gegangen. Und wie werden wir wohl den Nachmittag verbringen?

Wir sitzen im Wohnzimmer. Auf einmal schaut Tante Anni auf die Wanduhr.

»Papa und ich haben schon eine Weile beschlossen, euch zur Sonntagsschule zu schicken«, sagt sie zu Peter und Franziska. »Ich weiss, dass Joels Eltern sich freuen würden, wenn er auch ginge. Diese Woche habe ich den Herrn Pfarrer gesehen und ihm gesagt, dass ich euch drei heute nachmittag schicken werde.«

»Schöner Mist!« schimpft Peter. »Müssen wir da unbedingt hingehen? Ich wollte doch den Drachen wieder steigen lassen.«

»Das kannst du noch, wenn du zurückkommst«, entgegnet Onkel Robert ruhig. »Eine Stunde pro Sonntag ist nicht zuviel verlangt von dir.«

»Darf ich meinen neuen Mantel anziehen«, fragt Franziska, »und meine schönen Schuhe?«

»Wenn du willst«, erlaubt Tante Anni, »wenn du gern elegant aussiehst.«

Peter macht ein ärgerliches Gesicht.

»Und dann werden wir uns noch waschen müssen«, schimpft er weiter leise vor sich hin, während wir uns an den Tisch setzen.

Franziska und ich sind in derselben Gruppe in der Sonntagsschule. Aber Peter, der ein Jahr älter ist als wir, ist bei den Grossen. Ich glaube nicht, dass er sehr glücklich darüber ist, in einer anderen Gruppe zu sein als wir. Aber er wagt nicht, etwas zu sagen.

Als wir herauskommen, fängt es gerade zu regnen an. So beeilen wir uns, damit wir schnell zu Hause sind. Jetzt werden wir den Drachen natürlich nicht mehr steigen lassen können!

»Wie war's?« fragt Tante Anni, während wir unsere nassen Mäntel ausschütteln.

»Schön«, antwortet Franziska.

»Es war ein bisschen schwül im Raum«, brummt Peter. »Müssen wir jeden Sonntag hingehen?«

»Ich hätte es gern, wenn ihr regelmässig hingeht«, antwortet seine Mutter. »Es täte mir sehr leid, wenn Joel ganz allein hingehen müsste.«

»Aber ihr geht ja auch nicht in den Gottesdienst«, beharrt Peter.

Tante Anni betrachtet ihren Mann.

»Das stimmt«, antwortet sie leise. »Aber ich glaube, wir werden auch damit anfangen.«

»Am nächsten Sonntag ist Familiengottesdienst«, sagt Peter. »Eltern und Kinder können zusammen kommen. Man hat es uns heute gesagt.«

Da sehe ich, wie Onkel Robert lächelt und seiner Frau zublinzelt.

Nach dem Abendessen erzählen mir Peter und Franziska von der Schule.

»Hoffentlich kommst du zu mir in die Klasse«, sagt Franziska. »Meine Lehrerin ist sehr nett. Die hättest du bestimmt gern.«

»Warte nur, bis du den alten Müller siehst«, warnt mich Peter.

Dann macht er ein ernstes Gesicht und runzelt die Stirn. Die Hände faltet er hinter seinem Rücken. Dann sagt er mit tiefer Stimme: »Mein Junge, ich kann dich nicht mehr ertragen!«

»Ich kann ihn gut verstehen«, kichert Franziska und duckt sich blitzschnell unter den Tisch, um dem Kissen auszuweichen, das ihr Peter an den Kopf werfen will.

»Das Essen in der Schulkantine schmeckt nicht«, fährt sie fort. »Aber man ist nicht gezwungen, dort zu essen, wenn man keine Lust hat. Und in der Frühstückspause kannst du Brötchen kaufen...«

»Das ist das einzige, was mich zwischen den Mahlzeiten am Leben erhält«, unterbricht Peter sie. »Und unser Turnlehrer ist in Ordnung, die Turnhalle auch – da macht das Turnen wirklich Spass!«

Das, was mir meine Cousins von der Schule erzählen, ist ziemlich ermutigend. Und ich kenne in der neuen Schule mindestens schon zwei – das ist auch etwas.

»Hoffentlich kommt dein Koffer bald an«, bemerkt Tante Anni. »Sonst musst du in deinem schönsten Anzug zur Schule gehen.«

Draussen bellt ein Hund. Schnell renne ich ans Fenster und sehe gerade noch, wie sich Tiger auf eine mittelhohe Mauer rettet. Seine grünen Augen glänzen in der Dunkelheit.

»Tiger scheint schon wieder die Vögel belauert zu haben«, sage ich und öffne ihm die Tür.

Der kleine Kater marschiert stolz ins Zimmer, den Schwanz streckt er hoch in die Luft. Dann setzt er sich in die Nähe des Kamins und fängt mit seiner Toilette an. Franziska schimpft ihn leise aus: »Du böser, kleiner Kater!« Aber er zwinkert nur unbekümmert mit den Augen.

Am nächsten Morgen bringt der Postbote einen Brief für mich. Er ist von meiner Mutter.

»Wieso ist der Brief denn schon hier?« frage ich Onkel Robert, der gerade dabei ist, seinen Regenmantel anzuziehen.

»Vielleicht konnte deine Mutter dem Schlepper einen Brief mitgeben, bevor das Schiff auf hoher See war«, antwortet er.

Ich verziehe mich mit dem Brief in mein Zimmer. Es ist nur ein sehr kurzer Brief, aber immerhin. Ich drücke den Brief an mein Gesicht, als wäre es Mama, die ich an mich presse.

Im Umschlag stecken drei Geldscheine. »Das ist für dich, für Peter und für Franziska«, hat sie geschrieben. Ich gehe gleich zu den andern, um das Geld zu verteilen.

»Das ist aber prima«, sagt Peter. »Ich werde mir einen grossen Vorrat an Lutschstangen kaufen.«

»Du Vielfrass!« spottet Franziska. »Ich werde Tiger ein rotes Halsband kaufen. Daran werde ich ein kleines Schildchen befestigen, auf dem sein Name eingraviert ist.«

Ich erzähle den andern nicht, was ich mit meinem Geld machen will, aber ich weiss es. Peter hat tatsächlich seine Lutschstangen gekauft, aber er hat Franziska und mir auch ein paar davon gegeben. Und da das Halsband von Tiger nur sieben Franken gekostet hat, hat Franziska auch noch Bonbons gekauft. Auch sie hat mir mehrere davon gegeben. Ich schäme mich etwas, dass ich den beiden nichts gegeben habe. Aber ich muss all mein Geld für etwas ganz Besonderes sparen.

Am nächsten Samstag ärgert sich Tante Anni. Franziska und Peter sind von Freunden eingeladen, aber ich nicht.
»Bald werden es alle wissen, dass ihr jetzt drei seid«, sagt sie tröstend. »Aber Frau Bonnet wusste nicht, dass du jetzt bei uns lebst. Dafür werden wir zwei zusammen ausgehen.«
»Das ist nicht nötig, Tante Anni«, erwidere ich. »Ich hatte gerade Lust, heute etwas Besonderes zu machen. Da bin ich ganz froh, dass ich hierbleiben kann.«
»Bist du ganz sicher?« fragt sie etwas erstaunt.
»Ganz sicher«, antworte ich bestimmt.
Bevor die beiden gehen, leiht mir Peter seinen Metallbaukasten, und Franziska steckt mir eine Tafel Schokolade zu. Das finde ich sehr nett von den beiden. Sobald sie weg sind, frage ich Tante Anni, ob ich in die Stadt gehen darf.
»Von mir aus. Aber pass auf den Verkehr auf«, meint sie.
Ich gehe schnurstracks zum Supermarkt. Als ich wieder herauskomme, trage ich unter meinem Arm ein langes Paket. Aus der einen Seite schaut ein glänzender Holzgriff heraus. Ich habe fast mein ganzes Geld ausgegeben, das mir Papa gegeben hat, bevor er weggefahren ist. Aber ich bin sehr glücklich.
Auf meinem Bett breite ich alles aus. Dann wickle ich es in meinen Sonntagspullover und verstecke es unten im Schrank.
Peter hat sein Bastelbuch im Wohnzimmer liegenlassen, und ich lese den ganzen Abend darin.

4. Der Zirkus

Jetzt gehen wir jeden Sonntag in die Sonntagsschule, obwohl Peter jedesmal protestiert, wenn schönes Wetter ist oder wenn er lieber etwas anderes machen würde. Eines Sonntags – wir wollen uns gerade auf den Weg zur Sonntagsschule machen – ruft uns Tante Anni zurück.

»Kann eines von euch dem Herrn Pfarrer diesen Umschlag überbringen? Ich wollte eigentlich gern etwas backen für den Basar, aber ich habe keine Zeit gehabt. Da dachte ich, ich könnte ihm dafür etwas Geld schicken.«

»Gib es lieber nicht mir«, sagt Peter. »Du weisst doch, dass ich alles verliere.«

»Gut, dass du mich daran erinnerst«, lacht seine Mutter. »Kannst du es überbringen, Joel?«

Ich stecke den Umschlag ein.

Unterwegs, wir wollen gerade in die Hauptstrasse einbiegen, wird unser Blick von bunten Plakaten angezogen. Wir treten näher heran, um sie zu lesen. Da schreit mir Peter aufgeregt in die Ohren:

»Ein Zirkus ist da! Nächste Woche sind Vorstellungen! Ob uns Mama wohl erlaubt, hinzugehen?«

»Ich habe kein Geld mehr«, jammert Franziska.

»Ich auch nicht«, sagt Peter.

Beide schauen mich an.

»Ich hab auch keins mehr«, erkläre ich und erröte bis unter die Haarwurzeln. Die beiden wechseln einen Blick, sagen aber nichts.

»Vielleicht kommt Mami mit uns«, seufzt Peter hoffnungsvoll. »Wir müssen sie darum bitten.«

Er liest noch einmal die Anzeige.

»Im Henson-Park«, sagt er langsam. »Das ist doch da unten. Lasst uns runtergehen und die Tiere anschauen!«

»Wie, jetzt? Wir haben doch jetzt keine Zeit«, sagt Franziska.

»Wir könnten doch die Sonntagsschule schwänzen«, schlägt Peter vor. »Das macht doch nichts, einmal. Wir werden vielleicht nie mehr die Möglichkeit haben, solche Tiere zu sehen.«

»Gestehst du's nachher Mami und Papa?« fragt Franziska.

»Das ist doch kein Problem! Sie werden uns nicht fragen, ob wir zur Sonntagsschule gegangen sind«, erklärt Peter. Dann dreht er sich zu mir:

»Aber du wirst uns bitte nicht verpetzen!« droht er deutlich. Ich senke die Augen. Ich weiss ganz genau, dass ich hart bleiben und in jedem Fall zur Sonntagsschule gehen sollte, egal was sie beschliessen. Aber die Versuchung ist gross. Ich schaue Peter in die Augen und verspreche: »Nein, ich werde nichts sagen.«

Der Zirkus ist sensationell! Wir gehen um all die riesigen Käfige herum und betrachten die Löwen und Tiger, die Panther und Leoparden. Auch Pferde sind da, ganz kleine – nur so gross wie Hunde. Ein Elefantenbaby streckt seinen kleinen Rüssel durch das Gitter, und wir stecken ihm ein paar Bonbons hinein, die Franziska in ihrer Tasche gefunden hat.

Wir sehen auch einen weissen Pudel, der richtig gekämmt ist – und sogar einen Clown! Zumindest behauptet Peter, es sei einer, obwohl er für mich wie ein ganz normaler Mensch aussieht. Wir versuchen auch, durch ein Loch ins Innere des Zeltes zu spähen und sehen eine Frau, die auf einem Seil geht. Ihre Haare sind auf Lockenwickler gedreht, und sie trägt schwarze Shorts und einen weißen Pullover, der voller Löcher ist. Ich bin ganz erstaunt.

»Ihr schöner, mit Flitter besetzter Rock ist bestimmt in der Reinigung«, meint Franziska.

Ich schaue auf meine Uhr. Es ist bereits vier.

»Wir müssen uns beeilen«, sagt Peter, »sonst werden uns

Mama und Papa nur unnötige Fragen stellen.« Kurz bevor wir zu Hause sind, verlangsamen wir den Schritt, damit wir nicht ganz ausser Atem ankommen. Aber Peter hat kaum seinen Mantel ausgezogen, da fragt er auch schon, ob wir in den Zirkus gehen werden. Onkel Robert legt seine Zeitung nieder.

»Ich glaube, wir werden alle zusammen gehen«, antwortet er. »Ich kann Mami nicht mit euch allein gehen lassen. Sonst verliert sie euch vielleicht, oder es stösst euch etwas zu. Darum will ich auch mitkommen.«

»Na«, sagt Tante Anni augenzwinkernd, »wenn es sich um einen Zirkus handelt, dann bist du doch ein grosser Junge!«

Und so gehen wir am nächsten Mittwoch alle zusammen hin. Sobald wir nachmittags aus der Schule kommen, essen wir zu abend. Anschliessend schickt uns Tante Anni schlafen, was wir sehr seltsam finden.

»Wir werden nicht vor Mitternacht zurück sein«, erklärt sie. »Und morgen müsst ihr wieder zur Schule. So habt ihr wenigstens zwei Stunden vorgeschlafen, wenn ihr heute abend erst so spät ins Bett kommt.«

Meine Tante glaubt immer, man könne vorschlafen. Doch gehorsam legen wir uns ins Bett, aber Peter behauptet, dass er ganz bestimmt nicht schlafen werde! Endlich holt Onkel Robert den Wagen aus der Garage. Wir ziehen uns schnell an, und Tante Anni wickelt uns in warme Mäntel und Schals, damit wir nicht frieren müssen.

»Es wird sehr kalt sein im Zelt«, sagt sie.

»Du müsstest eigentlich heissen Tee mitnehmen«, spottet Onkel Robert.

»Habe ich«, erwidert Tante Anni ruhig. »Aber du wirst keinen bekommen!«

Die Vorführung ist einmalig. Die Hundenummer gefällt mir am besten. Die Hunde gehen alle auf ihren Hinterpfoten, tragen ein lustiges Hütchen und einen Mantel. Einer von ihnen schiebt ein Hundebaby in einem kleinen Wagen, und jedermann lacht schallend, als das Hundebaby aus dem Wagen springt, davonläuft und dabei auf sein kleines Nachthemd tritt!

Die Frau auf dem Seil hat keine Lockenwickler mehr in den Haaren, und ihr Rock ist aus der Reinigung zurück. Geschickt macht sie den Salto auf dem Seil, ohne hinunterzufallen.

Peter hat es mit den Löwen. Wenn er einmal erwachsen ist, wird er Dompteur! Das behauptet er zumindest. Ich werde lieber Chauffeur, das ist weniger gefährlich.

Wir trinken alle heissen Tee – sogar mein Onkel, obwohl er behauptet, dass er uns nur Gesellschaft leisten und nicht sich aufwärmen will. Auf der Rückfahrt im Wagen fallen uns fast die Augen zu. Und Tante Anni erlaubt uns, nur schnell Gesicht und Hände zu waschen und die Zähne zu putzen. Ich schlafe augenblicklich ein. Doch bald schon weckt mich die Sonne wieder, denn ich habe vergessen, die Vorhänge zuzuziehen.

Ich nehme meine Bibel und öffne sie. In der letzten Zeit habe ich nicht mehr darin gelesen. Ich habe sogar Mühe, die Stelle zu finden, wo ich das letzte Mal aufgehört habe. Ich nehme mir vor, von jetzt an wieder täglich in der Bibel zu lesen. Eine halbe Stunde später, als Tante Anni gebetet hat (seit dem ersten Tag betet sie jetzt immer), fragt sie mich:

»Joel, hast du dem Herrn Pfarrer den Umschlag gegeben?«

Peter und Franziska hören zu kauen auf und starren auf ihre Tasse. Meine Knie wanken.

»Nein, Tante Anni«, stottere ich, »nein... ich... ich hab ihn nicht abgegeben...«

»Aber Joel!« sagt sie vorwurfsvoll, »ich dachte, ich könnte dir vertrauen. Hast du denn keine Gelegenheit gehabt, mit dem Pfarrer zu sprechen? Oder hast du es einfach vergessen?«

Ich wünsche, der Erdboden würde mich verschlucken. Ich weiss nicht, was ich sagen soll. Peter macht mit dem Kopf Zeichen, die ich aber nicht verstehe.

»Nein, Tante Anni, ich hab keine Möglichkeit gehabt, den Herrn Pfarrer zu sehen«, sage ich langsam.

»War er denn nicht da?« fragt jetzt Onkel Robert immer erstaunter.

»Hm... ich glaube... doch... das heisst... ich nehme an, er war da.«

»Hör mal, Joel«, sagt jetzt Onkel Robert etwas ungeduldig, »entweder er war da, oder er war nicht da. Das musst du doch wissen!«

Ich schaue die andern an und hoffe, dass sie mir zu Hilfe kommen, aber sie essen mit gesenktem Blick.

»Also, Joel?« fragt mein Onkel forschend.

Ich kann keine Ausflüchte mehr machen.

»Er war bestimmt da, Onkel Robert, aber... ich bin am Sonntag nicht zur Sonntagsschule gegangen.«

»Du warst nicht da?« wiederholt Tante Anni. »Aber was hast du denn am Sonntagnachmittag gemacht?«

»Ich habe die Tiere im Zirkus angeschaut«, murmele ich.

Onkel Robert runzelt die Stirn.

»Du allein, oder alle drei?« fragt er.

Ich antworte nicht.

»Alle drei«, brummt Peter und wirft einen bösen Blick auf mich.

»Ich bin sehr erstaunt«, sagt Tante Anni traurig. »Ich hätte nicht gedacht, dass ihr mich so betrügen würdet. Es wäre nicht so schlimm gewesen, wenn ihr nicht so getan hättet, als wärt ihr in der Sonntagsschule gewesen. Das ist das Schlimmste an der ganzen Geschichte...«

»Ich bin dafür, dass ihr bestraft werdet«, unterbricht Onkel Robert. »Ich wollte eigentlich Peter und Joel am nächsten Samstag zu einem Fussballspiel mitnehmen, und Mama wollte mit Franziska zu einem Ballettabend ins Theater gehen. Aber nun müsst ihr alle drei zur Strafe zu Hause bleiben.«

Seltsam, es tut mir nicht leid, dass sie es jetzt wissen.

Wegen Samstag ist es schon schade. Aber ich kann die Zeit auch so gut ausfüllen und an meinem Geheimnis arbeiten. In der letzten Zeit habe ich nicht viel daran getan. Und wenn die Strafe erst hinter uns liegt, dann werde ich froher sein als in den vergangenen Tagen. Peter und Franziska scheinen jedoch ganz anders zu empfinden.

»Hast ja doch gepetzt!« schimpft Peter auf dem Weg zur Schule. »Dabei hast du versprochen, nichts zu sagen!«

»Was hätte ich denn sonst sagen sollen? Als ich so direkt gefragt wurde, konnte ich doch nicht mehr ausweichen.«

»Du hättest sagen können, du wüsstest es nicht mehr«, antwortet Franziska.

»Das hätte ich natürlich sagen können. Aber hätte ich damit die Sache nicht noch schlimmer gemacht?«

»Aber überleg doch! Ein Fussballspiel hätten wir uns sonst ansehen dürfen!« schimpft Peter weiter. »Es ist alles deine Schuld, dass wir jetzt nicht hingehen dürfen.«

Ich finde, die beiden sind ungerecht. Aber es würde nichts nützen, wenn ich es ihnen sagte. Tränen steigen in meine Augen. Wären doch nur Mama und Papa hier. Sie hätten verstanden, dass ich die Wahrheit sagen musste.

Was für ein grässlicher Tag! Peter und Franziska sind böse auf mich, und alles geht schief. Im Rechnen habe ich von zehn Aufgaben nur eine richtig, und der Lehrer ist wütend, weil ich ihm geantwortet habe, der Umkreis eines Zirkels sei ein Zirkus. Er meint, ich wolle scherzen.

Als Tante Anni am Abend an mein Bett kommt, greife ich nach ihrer Hand und flüstere:

»Es tut mir leid, was ich getan habe; ich hätte dich nicht betrügen dürfen. Ich will es nicht wieder tun!«

Da nimmt sie mich in den Arm und drückt mich an sich.

5. Der Geburtstag

Die Monate vergehen. Bald schon sind Sommerferien. Peter hat den letzten Tag des Monats dick rot eingerahmt. Das Kalenderblatt hat er an die Wand gehängt, und jeder von uns streicht reihum einen Tag ab. Mein »Geheimnis« macht gute Fortschritte, und bald werde ich den Dank für meine Arbeit ernten.

Eines Nachmittags – wir kommen gerade aus der Schule – liegt ein grosses Paket im Eingang.

»Was ist das, Mama?« ruft Peter und zieht seine Jacke aus.

»Das ist für uns!« freut sich Franziska, die gerade die Anschrift gelesen hat.

»Ja, es ist von Oma, glaube ich«, antwortet Tante Anni. »Macht es auf.«

Die Schnur lässt sich nicht mit der Schere durchschneiden. Sie ist zu dick. Wir brauchen das grosse Messer aus der Küche. Peter sägt die Schnur durch, und das Paket fällt zu Boden. Franziska vergeht fast vor Neugier. Wir drei stehen ganz nah, damit bloss keinem etwas entgeht. Da ist ein Paket voller runder Stangen, die am Schluss wie Röhren aussehen, und eine Menge kurzer Schnüre, an deren Ende so etwas Ähnliches wie Kleiderhaken befestigt sind.

»Ich weiss es!« ruft Peter, als die letzte Hülle fällt. »Das ist ein Zelt!«

»Ein Zelt! Hurra!« schreit auch Franziska, gleichzeitig erstaunt und begeistert.

»Ja, und zwar ein grosses«, erklärt Peter weiter. »Das müssen wir sofort aufstellen.«

Ich nehme die Stangen, Franziska die Haken, und Peter klemmt sich das Zelt unter den Arm. Wir sind alle drei sehr auf-

geregt. Es fällt uns gar nicht so leicht, das Zelt aufzustellen. Gerade als wir meinen, es stehe, fallen ein paar Stangen um, und das ganze Zelt fällt auf uns. Franziska stand im Innern, und wir amüsieren uns, als sie sich mühsam aus dem Tuchgewirr befreit. Ich muss so lachen, dass mir der Bauch weh tut.

»Klappt's?« fragt Tante Anni, die in den Garten gekommen ist, um uns zuzusehen.

»Nein – nicht so richtig«, gesteht Peter, »soeben ist alles zusammengefallen.«

»Soll ich euch mal ein wenig helfen?« bietet sich Tante Anni an. Im Nu steht das Zelt einwandfrei, und wir schlagen mit einem Holzhammer auf die Stangen, damit sie fest zusammenhalten.

»So, und die vordere Plane legen wir oben drüber und befestigen sie mit den Schnüren, damit das Zelt belüftet werden kann. Joel, unter der Treppe liegt ein kleiner Teppich. Bring den bitte mal. Und die alte Wagendecke könnt ihr auch benutzen.«

Warum kennt sich Tante Anni mit Zelten so aus? Franziska erklärt mir, dass ihre Mutter früher Pfadfinderin war. Da hat sie oft gezeltet.

Dann legen wir den Teppich und die Decke auf den Boden und gehen ins Zelt. Wie gross es ist! Wir können ohne Mühe darin stehen. Und wir können sogar alle drei nebeneinander auf dem Boden liegen und uns ganz ausstrecken.

»Ob Mami uns erlaubt, hier zu schlafen?« überlegt Peter hoffnungsvoll. »Das wäre einmalig!«

Gerade in diesem Augenblick hören wir aus dem Nachbargarten lautes Fauchen und Gebell. Im nächsten Augenblick fliegt Tiger buchstäblich über die Mauer. Man kann noch hören, wie die Bulldogge auf der andern Seite knurrt und an der Mauer entlangläuft, um Tiger vielleicht doch noch zu erwischen. Mit erhobenem Schwanz kommt Tiger, als wäre nichts geschehen, zum

Zelt herüber und untersucht es. Dann beschliesst er, hier zu bleiben.

»Wollt ihr gern im Zelt zu Abend essen?« fragt Tante Anni aus dem Fenster heraus. Im Chor antworten wir:

»Ja, bitte, bitte.«

Im Zelt schmeckt alles besser. Sogar die Schinkenbrote haben einen besonderen Geschmack. Und alles sieht irgendwie grün aus – auch der Tee. Peter erklärt mir, dass das vom grünen Zelt kommt.

»Iiih! Ich hab eine Spinne in meiner Tasse!« schreit Franziska entsetzt.

»Nimm sie raus«, antwortet Peter trocken.

»Aber ich hab Angst«, protestiert seine Schwester.

Ich helfe ihr. Die Spinne ist ganz nass.

»Leg sie in die Sonne«, schlägt darum Peter vor. »Vielleicht trocknet sie.«

Das ist wahrscheinlich geschehen. Denn als wir später nachsehen wollen, was aus ihr geworden ist, ist sie verschwunden.

Nach dem Essen legen wir uns auf den Bauch und schreiben Oma einen Dankesbrief. Peter schlägt vor, dass jeder eine Zeile schreibt. So gibt es einen lustigen Brief, denn manchmal muss einer den angefangenen Satz des andern fertigschreiben, ohne zu wissen, was der andere geschrieben hat. Und fragen ist nicht erlaubt.

Als Onkel Robert von der Arbeit kommt, besucht er uns im Zelt und sieht sich alles an.

»Meinst du, Mami erlaubt uns, in den Ferien hier zu schlafen?« fragt ihn Peter.

Mein Onkel zwinkert lustig:

»Überlasst das mir. Ich werde sie an eurer Stelle fragen. Ich werde mich für euch einsetzen«, verspricht er.

Tante Anni besitzt ein Buch über das Kochen beim Zelten. Sie gibt es uns zum Lesen. Darin steht, wie man im Freien ein Feuer machen kann. Einfache Rezepte mit kurzer Kochzeit stehen auch darin. Vielleicht können wir in den Ferien sogar ein Feuer im Garten machen.

Als ich an diesem Abend in mein Zimmer gehe, finde ich eine Notiz auf meinem Bett. Sie stammt von Peter. Er hat viele Geschichten von Geheimdiensten gelesen und interessiert sich für Geheimschriften. Der Text auf meinem Zettel gibt im ersten Augenblick keinen Sinn, bis ich auf die Idee komme, den Text einmal von rechts nach links zu lesen:

GNULMMASREV EGITHCIW
(Wichtige Versammlung)
RETEP. NEHCSÖLRETHCIL MED HCAN REMMIZ MENIEM NI
(In meinem Zimmer nach dem Lichterlöschen. Peter)

Was ist wohl der Grund dieser Versammlung? Nachdem mir Tante Anni gute Nacht gesagt hat und hinuntergegangen ist, warte ich ein paar Minuten. Dann schlüpfe ich leise aus meinem Bett. Ich gehe auf den Zehenspitzen auf den Flur hinaus. Franziska kommt ebenso leise aus ihrem Zimmer; wir prallen zusammen und müssen lachen.

»Psst!« pfeift Peter und streckt den Kopf aus der Tür. »Wenn ihr nicht aufpasst, kommt Mami wieder rauf!«

Kaum sind wir in seinem Zimmer, schliesst er die Tür und setzt sich aufrecht auf sein Bett. Dann legt er seine Bettdecke auf die Vorhangstange, damit das ganze Fenster dunkel ist. Schliesslich zündet er seine kleine Lampe an. Wir setzen uns zu ihm auf das Bett, und die Sitzung fängt an.

»Es handelt sich um Mamis Geburtstag«, fängt Peter an. »Der ist nämlich nächste Woche«, und Franziska und ich überlegten, was wir ihr schenken könnten. Ich habe schon lange gespart, Franziska und ich haben zusammen 22 Franken. Wir möchten Mami gerne etwas Schönes schenken. Willst du auch mitmachen? Dann ist es von uns dreien.«

Ich finde das sehr nett von ihnen, aber ich habe bereits »mein« Geschenk für Tante Anni, und ich möchte es ihr gern allein schenken. Darum schüttle ich den Kopf.

»Vielen Dank, dass ihr mich gefragt habt«, sage ich, »aber ich möchte lieber nicht mitmachen.«

Peter ist nicht zufrieden.

»Mach, was du willst«, sagt er. »Es war nur ein Vorschlag.«

Dann dreht er mir den Rücken zu, und ich verstehe, dass ich von diesem Augenblick an nicht mehr zur Versammlung gehöre.

»Wann werden wir das Geschenk kaufen?« fragt Franziska ihren Bruder.

»Morgen abend, nach der Schule«, antwortet er. »Ich gehe erst nach Hause und hole das Geld. Sonst verlier ich es womöglich noch in der Schule. Dann werden wir das Geschenk kaufen.«

Er steckt die Geldscheine in die Tasche seines Schlafanzugs und bittet seine Schwester, auf die zwei Münzen aufzupassen. Dann steigt er vom Bett.

»Die Versammlung ist zu Ende«, sagt er trocken. Er lässt den Schalter knallen, öffnet uns die Tür, und wir schlüpfen wieder in unsere Betten.

Am nächsten Tag nehme ich meine Ersparnisse mit zur Schule. Auf dem Rückweg kaufe ich schönes Geschenkpapier und ein hübsches Band mit einem Kärtchen. Das, was übrigbleibt, reicht gerade noch für einen Kaugummi. Ich verstecke meine Einkäufe in meinem Schrank und schlüpfe in eine alte Hose. Als ich sicher bin, dass mich keiner sieht, gehe ich hinten zum Haus hinaus.

Eine halbe Stunde später bin ich zurück, weil ich mir tüchtig in den Finger geschnitten habe und es nicht zu bluten aufhört. Was für eine Aufregung ist im Haus! Franziska ist am Weinen, Peter ist wütend, und Tante Anni ist ganz aufgeregt. Sie ist dabei, die feuchte Wäsche zusammenzulegen, und Peters Schlafanzug liegt auf dem Tisch.

»Bist du ganz sicher, dass du sie hier hineingetan hast?« fragt meine Tante.

»Ganz sicher«, antwortet Peter. »Ich habe sie gestern abend in meinen Schlafanzug gesteckt.«

»Dann sind sie wahrscheinlich in der Waschmaschine in Stücke zerrissen worden«, sagt Tante Anni traurig. »Ich habe nicht daran gedacht, die Taschen erst auszuleeren, denn normalerweise hast du nichts darin.«

Ich errate, was sich hier abspielt. Tante Anni hat Peters Schlafanzug gewaschen, und er hatte das Geld für Tante Annis Geschenk darin gelassen. Und nun war das Geld weg – gekocht, gespült und ausgewrungen. Tante Anni tupft Jod auf meinen Finger, und ich gehe wieder hinaus.

Etwas später sitzen Peter und Franziska am Tisch und malen Geburtstagskarten für ihre Mutter. Ich bin mit ihnen traurig. Sobald Tante Anni das Zimmer verlassen hat, frage ich sie leise:

»Wollt ihr bei meinem Geschenk mitmachen?«

»Nein, danke!« antwortet Peter trocken. »Du sagtest doch, dass du ihr allein etwas schenken willst.«

»Ja, aber das war, bevor ihr euer Geld verloren habt.«

Franziska würde gerne mitmachen, aber sie wagt nicht, sich gegen die Meinung ihres Bruders zu stellen.

Am Mittwoch hat Tante Anni Geburtstag. Ich stehe früh auf. Auf der Wiese liegt noch Tau, und die Luft ist frisch. Ich gehe hinaus, passe jedoch auf, dass die nassen Brennesseln meine Beine nicht berühren. Aus der Hosentasche ziehe ich vorsichtig den Schlüssel des Vorlegeschlosses, das jetzt die Tür des Schuppens verschliesst. Im Innern ist es noch ziemlich dunkel. Ich muss erst ein wenig warten, bis sich meine Augen an die Dunkelheit gewöhnt haben. Auf der Bank steht mein Geschenk für Tante Anni. Ich habe viel Arbeit damit gehabt, doch es hat sich gelohnt. Auf dem Fussboden sieht man die Reste meiner ersten

Versuche. Liebevoll streiche ich über die Briefmappe. Alles ist trocken, und das Bild mit den Alpen, das ich aus einem Kalender ausgeschnitten und vorne drauf geklebt habe, macht sich sehr gut unter dem dünnen Lack, mit dem ich die ganze Briefmappe am Schluss überstrichen habe.

Ich wickele alles in das schöne Geschenkpapier, binde das Band darum, hänge das Kärtchen daran, nehme das ganze Paket unter den Arm und gehe ins Haus zurück.

Tante Anni ist dabei, das Frühstück zuzubereiten. Sie sieht richtig jugendlich und schön aus in ihrem hellen Morgenrock. Sie erschrickt etwas, als ich die Tür hinter ihr öffne, und macht grosse Augen, als sie mein Paket sieht.

»Das ist für dich, Tante Anni. Herzlichen Glückwunsch zum Geburtstag!« sage ich schüchtern und überreiche ihr das Geschenk.

Sie macht das Paket gleich auf.

»Aber Joel«, wie ist die Briefmappe hübsch«, sagt sie voller Bewunderung. »Wie hast du erraten können, dass ich mir gerade so etwas gewünscht habe? Onkel Robert schimpft immer, wenn ich die Tagespost nicht getrennt von den alten Briefen aufbewahre. Jetzt wird er nichts mehr sagen können. Jetzt werde ich sie in diese Mappe legen!«

Ich will ihr gerade vom geheimen Schuppen erzählen und wie ich diese Briefmappe gebastelt habe, als Peter und Franziska in die Küche kommen.

»Schaut mal her«, was Joel mir zum Geburtstag geschenkt hat.«

Peter betrachtet mich mit zusammengekniffenen Augen.

»Wo hast du sie gekauft?« fragt er. »Du hattest doch nur noch drei Franken, hast du uns erzählt.«

Ich bin zuerst sprachlos. Ich habe keine Lust, mir meine Freude verderben zu lassen.

Dann antworte ich trotzig: »Das sag ich dir nicht.« Dann gehe ich aus der Küche heraus. Tante Anni ruft mich zurück. Doch ich gehorche nicht.

Peter und Franziska kommen langsam die Treppe hoch.

»Ich möchte gerne wissen...« sagt Peter. »Ich glaubte schon, dass die Waschmaschine die Scheine geschluckt hat. Aber ich frage mich, ob sie überhaupt noch in der Tasche waren...«

»Peter, ich bin sicher, dass Joel nie stehlen würde«, protestiert Franziska.

»Und ich bin ganz sicher, dass er diese wunderschöne Briefmappe nicht für drei Franken bekommen hat«, beharrt Peter.

Ich werfe mich auf mein Bett und vergrabe mein Gesicht im Kopfkissen. Ich werde keine Erklärungen abgeben. Sie können von mir aus glauben, was sie wollen.

6. Beim Zelten

Jede Woche erhalte ich aus Brasilien lange Briefe. Auf dünnem Luftpostpapier berichtet mir Mama, dass die Mission im Dschungel ein grosses Stück Land gekauft hat, das nun gerodet und bepflanzt wird.

»Die Einheimischen«, so schreibt Mama, »sind es nicht gewohnt, regelmässig zu arbeiten. Oft kommen sie einfach mehrere Tage hintereinander nicht zur Arbeit. Später erfahren wir dann, dass sie zu einem Fest gegangen sind oder ihre Eltern wieder einmal besucht haben. Dann kommen sie zurück und arbeiten wieder sehr hart. Man kann ihnen nicht einmal richtig böse sein, denn sie sind meistens ausgesprochen freundlich und fröhlich. Sie verstehen einfach nicht, warum sie jeden Tag arbeiten sollten.

Papa hat sich nach einer Schule für dich umgesehen und hat erfahren, dass die amerikanische Mission nächstes Jahr eine Schule für die europäischen Kinder anfangen wird. Sie sind bereits dabei, das Schulhaus zu bauen. Und wenn dann noch unser Missionsheim fertig ist, wirst du zu uns kommen. Papa denkt, du kommst besser mit dem Flugzeug – aber das können wir uns ja noch überlegen, wenn es dann soweit ist.

Papa hat viel zu tun, und oft ist er mehrere Tage unterwegs. Wenn Eingeborene mit einem Schiff den Fluss heraufkommen, fährt Papa oft mit. In den Dörfern steigt er dann aus und erzählt den Menschen von Jesus. Wir hoffen und beten darum, dass wir eines Tages unser eigenes Schiff haben werden. Du fehlst uns sehr, Joel, unser Schatz. Jeden Abend, bevor wir uns schlafen legen, beten wir für dich, dass Gott dich führt und bewahrt. Betest du auch für uns?«

Auch ich schreibe meinen Eltern oft. Manchmal mache ich kleine Zeichnungen dazu, denn das Luftpostpapier, das Tante Anni mir geschenkt hat, hat grosse Seiten.

So habe ich meinen Eltern zum Beispiel eine Zeichnung vom Zirkus geschickt – aber ich habe ihnen nicht geschrieben, dass ich die Sonntagsschule geschwänzt habe, auch nicht, was am Geburtstag meiner Tante passiert ist – weil ich dachte, dass sie das traurig machen würde.

Ich habe Franziska und Peter noch immer nichts erklärt, denn ich bin noch wütend auf sie. Ich weiss, dass das dumm von mir ist. Aber ich bin so enttäuscht, dass sie überhaupt auf den Gedanken kamen, ich könnte das Geld genommen haben. Wenn Tante Anni und Onkel Robert im Zimmer sind, dann sind wir nett zueinander. Aber wir spielen nicht mehr zusammen wie früher. Peter und Franziska gehen ihre eigenen Wege und lassen mich allein. Jeden Morgen lese ich in meiner Bibel. Ich bete auch, bevor ich schlafe.

Ich bin oft traurig, und manchmal meine ich, Gottes Stimme zu hören, die mir sagt: »Erzähle Peter und Franziska alles und verzeihe ihnen!« Aber ich will nicht.

Es ist Samstag. Bequem sitze ich in einem Sessel und lese ein Buch, das mir Tante Anni geliehen hat. Tiger liegt zufrieden auf meinen Knien. Es ist eine spannende Geschichte von Kindern auf einem Segelschiff. Genau in dem Augenblick, als das Schiff kentert – eines der Kinder kann nicht schwimmen –, kommen Peter und Franziska ganz schmutzig herein; nasses Gras klebt an ihren Schuhen. Peter trägt ein Stirnband mit der Aufschrift »Rothaut«. Sie scheinen ein wenig verlegen, als wollten sie mir etwas erzählen.

»Wir haben Indianer gespielt«, sagt Peter endlich.

»Hinten auf dem Acker...«, fügt Franziska hinzu.

Ich springe auf, dabei fällt mir das Buch aus der Hand.

»Wir haben gesehen...«, sagt Peter.

»Im Schuppen...«, fährt Franziska fort.

»Und wir sind gekommen, um dir zu sagen, dass es uns leid tut«, fügt Peter hastig hinzu.

Franziska nickt mit dem Kopf.

»Das hast du ganz toll gemacht«, sagt Peter. »Ich war überzeugt, dass du es in einem Laden gekauft hast.«

»...und wir haben die alten Reste auf dem Fussboden entdeckt«, sagt seine Schwester leise.

»Die ersten unbrauchbaren Versuche«, fügt Peter hinzu.

Meine Kehle ist wie zugeschnürt, so dass ich kein Wort sagen kann.

»Joel, hast du uns zugehört?« fragt Franziska. »Wir waren sehr böse auf dich, aber jetzt tut es uns leid.«

Ich weiss, dass auch ich sehr ungerecht zu ihnen war. Gewissensbisse steigen in mir auf. Meine Kehle lockert sich wieder. Peter klopft mir auf den Rücken.

»Komm«, sagt er, »wir haben noch eine Stunde Zeit, draussen herumzutollen, bevor wir hereinkommen müssen.«

Schnell stelle ich Tiger auf den Boden und folge ihnen – überglücklich.

Nächste Woche geht das Schuljahr zu Ende. Und dann kommen die grossen Ferien – zwei Monate schulfrei!

Tante Anni hat uns versprochen, dass wir am Mittwoch im Zelt schlafen dürfen, wenn das Wetter so schön bleibt. Den ganzen Tag schauen wir nach, ob der Himmel noch immer wolkenlos ist. Am Abend hilft uns Onkel Robert, ein Feuer anzufachen. Dann stellen wir einen Teekessel auf einen Dreifuss. Darunter legen wir einige Kartoffeln in die Asche. Tante Anni bringt uns ein Schälchen mit geriebenem Käse und Butter für die Kartoffeln. Mit dem kochenden Wasser und etwas Milch machen wir uns Kakao. Das ist eine leckere Mahlzeit.

Jeder von uns hat drei Wolldecken und ein Kopfkissen. Tante

Anni schaut ein letztes Mal nach, ob der Teppich schön auf dem Zeltboden ausgebreitet ist und die Seitenwände straff zur Erde hinuntergezogen sind.

»Hoffentlich sehen wir diese Nacht Fledermäuse«, freut sich Peter.

»Nein. Papa sagt, dass es hier keine Fledermäuse gibt!« ruft Franziska entsetzt.

Papa lacht. »Es besteht nicht viel Hoffnung«, sagt er. »Ein Tiger oder ein Löwe könnten schon eher kommen...« Aber man merkt, dass er nur Spass macht.

Dann gehen die Eltern wieder ins Haus, und alles scheint plötzlich entsetzlich still. Es ist erst halb dunkel.

»Mich kitzelt etwas am Bein«, ruft Franziska.

»Sicher eine Spinne«, antworte ich spontan.

Franziska setzt sich blitzschnell auf und hebt die Decke hoch.

»Es ist nur ein Marienkäfer«, stellt sie erleichtert fest.

Ich verstehe nicht so ganz, worin für Franziska der Unterschied besteht. Aber Mädchen waren schon immer seltsame Geschöpfe. Franziska legt sich wieder hin. Ich denke an Mama und Papa und schliesse die Augen, um zu beten. Als ich sie wieder aufmache, begegne ich Franziskas Blick.

»Ich hab gedacht, du schliefst bereits«, sagt sie.

Das ist *die* Gelegenheit, von Gott zu erzählen.

»Ich habe nicht geschlafen, ich habe gebetet«, antworte ich. »Ich bete jeden Abend, und Mama und Papa beten auch.«

»Was machst du denn, wenn du betest?« fragt Peter neugierig.

»Ich denke an Gott. Ich versuche, mich daran zu erinnern, was ich tagsüber falsch gemacht habe, und bitte ihn um Verzeihung. Dann danke ich ihm für die schönen Dinge, die ich erlebt habe. Und manchmal bitte ich ihn um etwas.«

»Und erhältst du, worum du bittest?« fragt Peter gespannt.

»Manchmal ja«, antworte ich. »Aber manchmal auch nicht...«

»Und warum nicht?«

»Papa sagt, Gott weiss besser als wir, was für uns gut ist.«

»Fällt dir das Gehorchen leichter, wenn du gebetet hast?« fragt Franziska.

»Ja, meistens.«

»Kommt, lasst uns alle beten«, sagt Franziska. »Die Pfadfinder beten auch jeden Abend.«

»Und was sollen wir beten?« fragt Peter.

»Wir könnten das Vaterunser beten, sage ich. »Und wenn ihr wollt, singe ich nachher das Abendgebet der Pfadfinder. Ich kenne es nämlich.«

»Einverstanden. Fang an«, meint Peter.

Das tue ich dann auch. Und nach dem Gebet singe ich leise:

»Der Tag ist vergangen, die Sonne scheint nicht mehr.
Sie ist hinter den Bergen untergegangen.
Alles ist gut, darum schlafe getrost!
Gott ist ganz nah!«

Kurz darauf schlafen wir alle.

Es ist lustig, im Zelt aufzuwachen. Einen Augenblick lang weiss ich nicht, wo ich bin. Warum nur ist die Zimmerdecke plötzlich grün und zerknittert, und warum bewegt sie sich? Ein seltsames Gefühl, wenn das Zimmer plötzlich anders aussieht. Dann niest Franziska, und da fällt mir alles wieder ein.

»Mami darf dich nicht niesen hören«, flüstert Peter schläfrig. »Sonst sagt sie, du hättest dich erkältet.«

»Ach was«, entgegnet Franziska. »Das war doch nur ein Sonnenstrahl, der mich in der Nase gekitzelt hat.«

»Sonnenstrahlen kitzeln nicht«, antworte ich.

»Sie haben mich trotzdem gekitzelt«, behauptet Franziska.

Wir ziehen unsere Shorts an, wobei wir uns ziemlich verrenken müssen, und kriechen ins Freie.

»Meint ihr, wir müssten uns waschen?« fragt Peter und streckt die Arme in die Höhe, um sich zu recken.

»Aber sicher«, antwortet Tante Annis Stimme lachend.

Sie lehnt im Fenster und schaut zu uns herüber. »Ich bringe euch einen Wasserkessel, Seife und ein Handtuch heraus. Und dann wascht ihr euch, wie richtige Zeltler.«

Peter verkündet, dass es ihm noch nie soviel Spass gemacht hat, sich zu waschen. Er sieht auch ganz besonders sauber aus. Franziska hat sich als erste gewaschen, dann ich und zum Schluss Peter. Als Peter dran kommt, ist das Wasser schon schmutzig. Er muss erst Gras und Strohhalme aus dem Wasser entfernen, bevor er sich waschen kann.

Dann bringt uns Tante Anni unser Frühstück. Das Besteck, die Teller und Tassen spülen wir anschliessend im Kessel, natürlich in sauberem Wasser.

»Wo ist Tiger?« fragt Franziska. »Ich habe ihn heute noch gar nicht gesehen.«

»Ich auch nicht«, antwortet Tante Anni. »Es ist erstaunlich, dass er nicht in die Küche gekommen ist, als er das Frühstück gerochen hat. Das tut er sonst doch jeden Tag!«

»Vielleicht ist er auf Mäusefang auf dem Acker?« überlegt Peter. »Da geht er doch manchmal hin...«

Den Rest des Morgens verbringen wir mit Holzsuche. Man braucht ganz schön viel Holz, um so ein Lagerfeuer in Gang zu halten. Wir füllen drei Säcke. Tante Anni zeigt uns, wie man das Holz stapelt: gleich grosse und gleich dicke Holzstücke legt man nebeneinander oder aufeinander. Mit Onkel Roberts Beil schlagen wir das grosse Holz klein. Und als wir endlich fertig sind damit, tut es uns fast leid, all das Holz zum Verbrennen zu benutzen.

Nach all der Schwerarbeit sind wir so schmutzig, dass Tante Anni den Gartenschlauch herausholt und uns eine Dusche einrichtet. Franziska macht ihren Pferdeschwanz auf und lässt ihre nassen Haare in der Sonne trocknen. So sieht sie sehr hübsch aus; aber wir werden uns hüten, ihr das zu sagen. Mädchen sind ja so eitel!

Tiger ist noch immer nicht zum Vorschein gekommen. Franziska macht sich Sorgen um ihn. Es ist ja auch »ihr« Kater.

»Er trägt ein Halsband mit seinem Namen«, sagt sie. »Falls er sich verirrt hat, müsste ihn jemand nach Hause bringen. Ich kann einfach nicht verstehen, warum er so lange wegbleibt. Das hat er noch nie getan!«

Wir haben Tante Anni überredet, uns noch eine Nacht draussen schlafen zu lassen, denn das Wetter ist immer noch sehr schön.

Bevor wir einschlafen, beten wir wieder zusammen. Dann bleiben wir einen Augenblick still. Franziska berührt meine Hand.

»Joel«, flüstert sie, »glaubst du, wir könnten auch für Tiger beten? Oder ärgert das Gott?«

»Wir können ihn um alles bitten«, erkläre ich ihr. Und obwohl ich nicht gern laut bete, tu ich es Franziska zuliebe, weil sie nicht weiss, wie sie beten soll, und doch solche Angst hat. Ich bete, so gut ich kann. Dann liegen wir alle ruhig nebeneinander. Jeder hängt seinen eigenen Gedanken nach. Ich überlege und hoffe, dass Gott unser Gebet erhören wird. Ich bin sicher, dass es Peter und Franziska helfen würde, an Gott zu glauben.

7. Im Zoo

Mitten in der Nacht erwache ich und höre einen seltsamen Lärm auf dem Zeltdach. Es hört sich an, als schlügen viele kleine Finger ungeduldig aufs Dach, weil jemand hereinkommen möchte. Dann kommt jemand durch den Garten, und Onkel Robert streckt seinen Kopf ins Zelt. Dabei leuchtet er mit seiner Taschenlampe hinein. Er hat seinen Regenmantel über den Schlafanzug gezogen, und auf dem Kopf trägt er Tante Annis Gartenhut.

»Es regnet heftig«, sagt er. »Wollt ihr nicht lieber ins Haus kommen?«

Franziska und Peter setzen sich auf und reiben sich die Augen.

»Ach nein«, sagt Peter. »Das Umziehen ist mir zu lästig, und unsere Betten sind jetzt ganz kalt. Zudem ist es interessant, beim Regen im Zelt zu schlafen, ohne nass zu werden.«

»Ich hoffe wenigstens, dass das Zelt dicht ist«, sagt Onkel Robert. »Aber das werden wir ja bald wissen. Ich werde die Schnüre entspannen. Und dann passt auf, dass ihr die Zeltwände nicht berührt, sonst kommt das Wasser dann wirklich durch.«

»Es ist aber kein Gewitter, oder?« fragt Franziska etwas ängstlich.

»Ich glaube nicht«, antwortet ihr Vater. »Aber wenn es zu blitzen und donnern anfängt und du Angst hast, dann kannst du immer noch reinkommen. Die Hintertür lass ich offen.«

Plötzlich erhellt ein Blitz das Zelt, und gleich darauf rollt der Donner. Augenblicklich verlässt Franziska das Zelt und rennt wie ein aufgescheuchtes Reh ins Haus.

Ich habe auch keine grosse Lust mehr, im Zelt zu bleiben. Aber Peter würde mich bestimmt auslachen, wenn ich jetzt auch ins trockene, sichere Haus hineinginge. So bleibe ich also, presse die Hände unter der Decke krampfhaft zusammen und schaue den Blitzen zu, die das Zelt erhellen, und höre dem Donner zu, der sich immer mehr entfernt. Endlich wird es ruhig, und ich schlafe wieder ein.

Franziska springt in den Garten und freut sich, dass die Sonne wieder scheint. Gerade in diesem Augenblick erwachen Peter und ich.

»Das Zelt ist noch ganz nass«, sagt sie, »und das Gras ebenfalls.« Sie betrachtet ihre roten Sandalen, die voll glitzernder Regentropfen sind. »Merkt ihr, wie rein die Luft ist?« fragt sie und schnuppert wie ein kleiner Hund. »Die Blumen sind auch wieder sauber gewaschen...«

Sie macht ein paar Schritte auf die Rosen zu und beugt sich nieder, um den Duft einzuatmen. Erschrocken richtet sie sich wieder auf, dann bückt sie sich noch einmal und greift nach einem Gegenstand, der – von den Rosen halb verdeckt – am Boden liegt. Es ist ein schmales rotes Halsband mit einer glänzenden Spange. Das ist Tigers Halsband! Wie kommt es hierhin?

»Vielleicht blieb es hier hängen, als Tiger über die Mauer kletterte, und rutschte ihm dann über den Hals«, sagt Peter. Aber es klingt nicht überzeugend.

»Das Halsband konnte nicht rutschen, dafür sass es viel zu eng«, antwortet Franziska beunruhigt. »Und schau mal, es ist aufgemacht!«

Tatsächlich, jemand hatte den Verschluss des Halsbandes geöffnet. In diesem Augenblick unterbricht ein lautes Bellen die Stille. Es ist der Hund der Nachbarin, der seinen morgendlichen Spaziergang durch den Garten macht. Peter und ich schauen uns an, und jeder versteht den Blick des andern.

»Er war's, der Hund«, schreit Franziska entsetzt. »Ich weiss, dass er's war. Er hat Tiger getötet. Mein liebes kleines Kätzchen!«

»Sag es Mami«, sagt Peter schnell und legt seiner Schwester den Arm um die Schulter. Ich weiss nicht, was wir sonst machen sollen. Franziska rennt ins Haus, wirft sich in die Arme ihrer Mutter und weint los. Onkel Robert nimmt das Halsband in die Hand und geht stirnrunzelnd zur Nachbarin hinüber. Als er zurückkommt, läuft ihm Franziska entgegen, auf gute Nachricht hoffend; doch er schüttelt traurig den Kopf.

»Sie hat nicht viel gesagt«, erklärt er. »Aber ich glaube, sie weiss mehr, als sie sagen will. Sie behauptet, der Kater sei sehr lästig gewesen, und sie sei nicht traurig, dass sie ihn jetzt nicht mehr sehen müsse.«

Als Franziska das hört, heult sie noch mehr, und ihre Mutter drückt sie fest an sich.

»Sie sagte«, fährt Onkel Robert fort, »sie wüsste nicht, ob der Hund den Tiger getötet habe. Aber wenn er es getan habe, dann könne sie nichts dafür. In jedem Fall wäre der Kater auf ihrem Grundstück gewesen.«

»Ich hätte ihn strenger bestrafen müssen«, sagt Franziska. »Vielleicht hätte er dann verstanden, dass er nicht zu diesen verflixten Vögeln gehen durfte.«

»Das ist halt so mit den Katzen, sie jagen nun einmal Vögel«, sagt Onkel Robert, so lieb er kann. »Ich glaube, Franziska, es wäre sehr schwer gewesen, ihn davon abzuhalten.«

»Was sagte sie denn wegen dem Halsband?« fragt Tante Anni leise.

»Sie sagte, sie wüsste nichts darüber«, antwortet Onkel Robert.

Wir versuchen alles, um Franziska abzulenken. Ich sammele drei Marienkäfer und setze sie in eine Streichholzschachtel, in die ich zuvor ein Blatt gelegt habe. Aber einer davon ist gestreift anstatt gepunktet, und so erinnert er Franziska an Tiger, und sie fängt wieder zu weinen an. Zum Glück ist der nächste Tag ein Samstag, an dem wir alle drei zusammen wegfahren werden.

An diesem Tag findet der jährliche Ausflug der Sonntagsschule statt. Die Sonntagsschulleiter wollen mit uns den Zoo besuchen. Um sieben Uhr müssen wir schon am Bahnhof sein. Das heisst, wir werden sehr früh aufstehen müssen. Aber diesmal fällt es uns nicht schwer. Wir frühstücken ganz schnell, und Tante Anni streicht in der Zwischenzeit ein paar Brote für jeden von uns und füllt die Plastikflasche mit Limonade.

»Ich meine, das müsste reichen«, bemerkt sie, als sie alles einpackt. Dann legt sie noch Gebäck dazu und eine Banane für jeden. »Und jeder bekommt zwei Franken«, sagt sie, »für den Fall, dass ihr auf einem Elefanten oder einem Kamel reiten könnt.«

»Dürfen wir das Geld auch für Süssigkeiten ausgeben, wenn wir Hunger haben?« fragt Peter.

»Wenn du das noch nötig haben solltest!« lacht Tante Anni.

Die Kinder stehen in Gruppen auf dem Bahnsteig und warten auf den Zug. Jeder von uns hat ein blaues Band an seinen Kleidern befestigt, so dass wir uns gegenseitig erkennen können. Wir versuchen in ein Abteil zu kommen, in dem kein Leiter ist. Dann wird es unterwegs vielleicht lustiger zugehen. Auf dem Fensterbrett steht: »Rauchen verboten«. Peter fällt ein lustiges Spiel ein: Von der Tür des Abteils aus sollen wir unsere Mütze mitten auf dieses Schildchen werfen. Wer trifft, bekommt fünf Punkte. Das Spiel ist unterhaltend, aber ziemlich schwierig. Trotzdem gelingt es mir nicht schlecht. Ich habe bereits 20 Punkte, als einer das Fenster öffnet und meine Mütze bis auf die Schienen segelt. Wir können uns lange aus dem Fenster lehnen, meine Mütze ist weg.

»Du wirst was zu hören bekommen«, versichert mir Peter. »Du weisst, dass Mami es nicht gern hat, wenn wir etwas verlieren.«

Wir beschliessen, dass wir lange genug gespielt haben. Wir setzen uns und sortieren die Mützen wieder. Welche Überraschung! Wir entdecken, dass es gar nicht meine Mütze war, die durchs Fenster geflogen ist, sondern Peters. Er ist wütend.

»Ihr hättet dieses Spiel ja gar nicht zu spielen brauchen«, sagt seine Schwester ohne grosses Mitleid.

»Du natürlich, du würdest nicht einmal einen Elefanten auf eine Entfernung von einem Meter mit einem Fussball treffen«, sagt Peter wütend.

Da ist endlich der Zoo in Sicht. Prima! Alle Tiere, die man sich vorstellen kann, sind hier zu finden. Wir kommen gerade zu den Löwen, als man ihnen zu fressen bringt. Die Löwen, die das Fleisch riechen, brüllen so laut, dass uns beinahe das Trommelfell platzt. Fast bekomme ich Angst. Auf jeden Fall bin ich froh, dass sie hinter dicken Gittern sind.

»Stellt euch einmal vor, was Daniel empfunden haben muss, als er ganz allein bei den hungrigen Löwen im Löwengraben war«, sagt unser Leiter.

Die Tiger durchqueren ihren Käfig von einer Seite zur andern. Ich finde, sie sehen ganz friedlich aus – bis das Fressen kommt. Da ändere ich meine Meinung.

»Hast du ein Taschentuch, Joel?« fragt mich Franziska leise. Ich sehe, dass sie ganz traurig dreinschaut.

»Sie erinnern mich an Tiger«, sagt sie. Dabei weint sie ein wenig.

Ich schenke ihr ein Bonbon, um sie etwas abzulenken.

»Warum hat Gott unser Gebet nicht erhört, Joel?« fragt sie plötzlich, als wir weitergehen.

»Weil er sich nicht um diese Dinge kümmert«, antwortet Peter grob. Er hatte im Vorbeigehen Franziskas Frage gehört.

»Natürlich kümmert er sich darum«, sage ich schnell.

»Aber warum hat er dann Tiger nicht zurückgebracht?« fragt Peter.

»Ich weiss es nicht«, sage ich etwas hilflos. »Ich weiss es wirklich nicht. Aber mein Papa sagt, dass Gott immer einen Grund hat, wenn er unsere Gebete mit ›Nein‹ beantwortet.«

»Das verstehe ich nicht. Was kann denn da schon Gutes dran sein, wenn dieser Hund unseren Kater tötet«, sagt Peter.

Da weint Franziska schon wieder.

»Ich verstehe das auch nicht«, sage ich. »Aber Gott muss einen Grund haben. Wenn wir ihn nur kennen würden!«

»Für mich ist das Beten auf alle Fälle erledigt«, behauptet Peter. »Das funktioniert ja doch nicht.«

Wenn nur Mami und Papa da wären. Sie hätten uns erklären können, warum das mit Tiger so ausgegangen ist.

Wir setzen uns ins Gras und essen unsere Brote. Da entdeckt Peter einen Getränkeautomaten. Man muss einen Franken in den Schlitz werfen, und dann kommt heisser Kaffee in einem Papierbecher heraus, oder heisse Suppe oder Limonade. Ich drücke auf den Knopf »Suppe«. Aber irgend etwas klemmt im Automaten, denn mein Becher ist halb mit Kaffee gefüllt, halb mit Suppe – ein ganz besonderes Getränk! Peter behauptet, das würde ich mir einbilden. Aber das stimmt nicht, denn in diesem Kaffee schwimmen kleine Stückchen von Möhren (Rüben).

Peter reitet anschliessend auf einem Elefanten, aber Franziska und ich ziehen das Kamel vor. Es legt sich nämlich hin, damit wir besser auf- und absteigen können.

»Jetzt wollen wir aber noch zum Affenhaus«, sagt unser Leiter, »denn nachher müssen wir wieder nach Hause fahren.«

Die Affen sind wirklich komisch. Besonders der mit den langen roten Haaren, der ganz allein auf einem Ast ein Erdnüsschen knabbert.

»Peter! Dein Abbild! Haargenau dein Foto! Er frisst ununterbrochen, und er ist rothaarig wie du.«

Peter rennt auf mich zu und will mich fangen, darum springe ich schnell ausser Reichweite. Aber im Fang hat er meine Mütze erwischt.

»Mal sehn, was er damit macht«, sagt er, und tut so, als wolle er die Mütze in den Käfig werfen.

»Spinn nicht, Peter«, sage ich ängstlich. Aber Peter achtet nicht auf mich, und plötzlich stösst ihn ein anderer Junge, und die Mütze landet im Käfig. Ich mache einen Satz, um sie zu pakken. Aber der Affe ist schneller als ich. Er springt von seinem Ast, reisst mir die Mütze aus der Hand und beisst mich mit seinen kleinen, spitzen Zähnen in die Hand. Dann schwingt er sich mit seinem Fang auf einen Ast und setzt sich die Mütze auf den Kopf. Doch nicht für lange. Er nimmt sie wieder herunter und zerreisst sie in viele kleine Stücke.

Der Leiter kommt sofort angelaufen, als er uns schreien hört. Als er meine Hand sieht, bringt er mich sofort zum Erste-Hilfe-Posten, damit man mir die Hand verbindet. Der Sanitäter streicht eine stinkende Salbe auf meine Hand, die stark brennt, und ins Bein gibt er mir eine Spritze. Ich finde das blöd, wo ich doch in die Hand gebissen worden bin. Peter ist ganz bestürzt.

»Es ist meine Schuld«, sagt er. »Und Papa wird mich dafür bestrafen.«

»Wir brauchen nicht alles zu erzählen«, erwidere ich. »Ich werde sagen, dass meine Mütze in den Affenkäfig gefallen ist, und das stimmt ja.«

»Und ich werde sagen, dass meine Mütze durch das Zugfenster geflogen ist, was ja auch stimmt«, fügt er hinzu.

Dann schneiden wir uns gegenseitig eine Grimasse und geben uns die Hand – ich natürlich die linke, denn die rechte ist verbunden.

»Und wenn deine Eltern weitere Fragen stellen? Dann sind wir doch gezwungen, alles zu erzählen. Dann bin ich aber kein Petzer«, sage ich zu Peter.

»Nein, wie könnte ich denn auf einen solchen Gedanken kommen, kleiner Joel«, verspricht Peter feierlich.

»Angeber«, denke ich, »er ist doch nur ein Jahr älter als ich.«

8. Ferien am Meer

Tante Anni und Onkel Robert haben beschlossen, einen Teil der Ferien am Meer zu verbringen. Einen Hotelurlaub können sie sich nicht leisten, denn wir sind zu fünft.

Eines Tages kommt Tante Anni ganz aufgeregt vom Einkaufen zurück und stellt eine kleine Karte auf den Kamin. Ich drehe sie um und schaue die Karte an. Es steht nur ein Name und eine Adresse darauf, und ich verstehe nicht, warum sie sich so darüber freut.

Nach dem Essen schleppt sie Onkel Robert ins Wohnzimmer, und wir hören, wie sie sich lebhaft unterhalten. Dann geht mein Onkel weg.

»Wo ist Papa denn?« fragt Peter, während wir Geschirr abtrocknen.

»Er schaut sich einen Wohnwagen an«, erklärt Tante Anni.

»Einen Wohnwagen? Wozu denn?«

»Aber nicht dass ihr gleich unheimlich enttäuscht seid, wenn nichts daraus wird«, sagt sie. »Ich habe heute morgen eine Anzeige in der Zeitung gelesen: Wohnwagen zu vermieten! Wenn wir ihn Mitte August für vierzehn Tage bekommen, könnten wir ans Meer fahren.«

»Aber wie wollen wir den Wohnwagen transportieren?« frage ich.

»Indem wir ihn hinten am Auto befestigen«, erklärt Peter.

»Haben denn fünf Leute darin Platz?« fragt Franziska.

»Das wissen wir noch nicht«, antwortet meine Tante. »Es gibt grosse und kleine Wohnwagen. Auf jeden Fall würden wir auch das Zelt mitnehmen. Da könnten zwei oder drei von euch drin schlafen.«

»Und wo werden wir kochen?« will Peter wissen, der wie immer Angst hat, er würde nicht genug zu essen bekommen.

»Auf einem Camping-Kocher«, antwortet Tante Anni.
»Und wohin werden wir fahren?« erkundigt sich Franziska.
»Wir haben uns noch nicht entschieden«, sagt Tante Anni lachend. »Und wir wissen ja noch nicht einmal, ob wir den Wohnwagen haben können.«
Plötzlich hören wir das unverkennbare Pfeifen durch den Briefkastenschlitz.
»Ich bin sicher, dass wir ihn haben können«, sagt Franziska und rennt in den Flur.
Und sie hat recht. Mein Onkel hat den Wohnwagen für die zweite Augusthälfte gemietet. Wir sind alle ganz aufgeregt. Mein Onkel holt ein paar Landkarten, und wir setzen uns alle auf den Boden, um zusammen einen Ort herauszusuchen, wo wir zelten können. Das ist nicht so leicht, denn wir brauchen einen Zeltplatz, auf den man auch einen Wohnwagen mitbringen kann. Meine Tante schaut im Campingführer nach, den uns der Wohnwagenbesitzer geliehen hat. Endlich finden wir einen Ort, der uns passend erscheint. Der Zeltplatz heisst »Minihic«. Er liegt zwischen einem Felshang und dem Meer, steht im Führer. Und er ist ganz in der Nähe, nur etwa sechzig Kilometer von hier entfernt. Das gefällt vor allem meinem Onkel, denn er hat keine grosse Lust, mit dem Wohnwagen lange Strecken zu fahren.

In drei Wochen soll es losgehen. In der Zwischenzeit sind wir alle sehr beschäftigt. Tante Anni hat viel zu tun: sie legt unsere Kleider bereit und macht eine Liste der Lebensmittel, die wir mitnehmen wollen. Peter und Franziska suchen ihre Schwimmsachen zusammen und stellen fest, dass der Stöpsel des Schwimmreifens verschwunden ist. Mein Onkel schneidet aus Holz einen neuen, und er hält dicht.

Ich habe noch nie eine Badehose besessen. Jetzt kauft mir Tante Anni eine schöne. Das Muster erinnert etwas an ein Leopardenfell. Peter ist ganz neidisch auf mich.

Die ganze Woche vor unserer Abreise riecht es in der Küche

verheissungsvoll. Tante Anni hat einen grossen Kuchen gebakken und viele Sorten kleinen Gebäcks. Peter interessiert sich natürlich besonders dafür.

Am Freitag macht sie sogar noch eine grosse Pastete. Wir helfen ihr, das Gemüse zu waschen, und legen es anschliessend in einer Plastiktüte in den Eisschrank.

Meine Tante hat, wie gesagt, eine lange Liste geschrieben mit all den Dingen, die wir mitnehmen müssen. Alles, was wir ihr bringen, streicht sie auf ihrer Liste durch. Auf dem Zimmerboden entstehen grosse Stapel. Ich finde, dass Tante Anni müde aussieht. Und einmal sehe ich, wie sie die Hand in die Seite stützt, als täte ihr etwas weh. Auf meine Frage, wie es ihr gehe, lächelt sie mich an und schlägt vor, dass wir uns etwas hinsetzen und eine Tasse Tee trinken. Ich mache sie ihr, und nachher scheint es ihr wieder besser zu gehen. Da mache ich mir keine Sorgen mehr.

Endlich ist es soweit. Mein Onkel hat an seinem Wagen eine Anhängerkupplung anbringen lassen, und der Wohnwagen folgt uns treu.

»Schaut immer wieder einmal durch das Rückfenster, ob er auch noch da ist«, fordert uns Onkel Robert auf. Aber ich glaube, dass das nur Spass ist.

Die Kilometer liegen bald hinter uns, und endlich erreichen wir den Zeltplatz. Der Platzwart, ein lustiger Mann mit grauen Haaren, führt uns an unsern Platz. Der Wohnwagen wird abgehängt, und bald steht das Zelt. Franziska, Peter und ich haben grosse Lust, ins Wasser zu gehen.

»Geh ruhig mit ihnen, Robert«, sagt meine Tante, »ich bereite in der Zwischenzeit das Essen vor. Ich weiss am besten, wo ich alles finde, und es geht am schnellsten, wenn ich allein auspacke.«

Sie wirft uns unsere Badehosen und ein Badetuch zu. Wir packen unsere Sachen unter den Arm und ziehen los. Onkel Robert ist zum Verkaufsladen des Zeltplatzes gegangen und kommt mit einem grossen Strohhut auf dem Kopf zurück. Auf dem Band, das darum gewickelt ist, steht in grossen Buchstaben: »Ich bin ein kleiner Schatz.« Er scheint etwas verlegen, als er sieht, wie wir ihn auslachen.

»Ich glaube, der Hut passt besser zu Franziska«, sagt er schmollend. Aber ich bin sicher, dass er ihn für sie gekauft hat.

Der Strand ist herrlich, überall feiner weisser Sand. Auf der Seite sind kleine Dünen, hinter denen man sich umziehen kann. Wir machen ein Wettrennen, um zu sehen, wer zuerst im Wasser ist. Peter gewinnt, aber wir stellen fest, dass er vergessen hat, die Schuhe auszuziehen. Zum Glück sind sie aus Stoff und trocknen in der Sonne wieder.

Franziska, Peter und Onkel Robert können schwimmen; aber ich nicht. Ich bleibe mit den Füssen auf dem Boden und versuche, mit den Armen Schwimmbewegungen zu machen. Onkel

Robert zeigt mir, wie ich es machen muss. Aber sobald er mich loslässt, vergesse ich, die Arme zu bewegen, und schlage dafür um so heftiger mit den Beinen. Ich sinke mit dem Kopf unter Wasser und trinke eine Menge Salzwasser, das ich anschliessend wieder ausspucke.

»Füll dich mit ganz viel Luft«, schlägt mir Onkel Robert vor, »dann schwimmst du wie eine Gummiente.«

»Aber ich habe keinen Stöpsel, den ich mir reinstecken kann, damit die Luft nicht wieder entweicht«, beklage ich mich. Onkel Robert lacht von Herzen.

Als wir einigermassen trocken sind, kehren wir zum Wohnwagen zurück. Die Fleischpastete ist ausgezeichnet; ich esse drei Scheiben. Tante Anni sagt, wir sollten uns erst etwas hinlegen, bevor wir wieder ins Wasser gehen, weil das kalte Wasser sonst Magenkrämpfe verursachen kann.

Als die Flut sinkt, spielen wir in den Wasserresten, die in den Löchern zwischen den Felsen zurückgeblieben sind. Peter fängt einen grossen Krebs.

»Mami, den müsstest du kochen«, bittet er.

»Ich glaube nicht, dass er gross genug ist«, sagt Tante Anni zögernd. »Er sieht auch nicht so aus wie die, die man im Geschäft kaufen kann. Ich glaube, es ist besser, wenn du ihn ins Meer zurückbringst.«

Sie legt sich wieder auf ihre Liege zurück und schliesst die Augen. Sie sieht müde aus und möchte bestimmt nicht, dass wir sie jetzt mit Krebsen belästigen.

Am Morgen des zweiten Urlaubstages mache ich eine wichtige Entdeckung. Peter und Franziska schwimmen im Meer, und ich erkunde den Strand. Da fallen mir eine Art grosser weisser Betttücher auf, die im Wind flattern. Ich möchte gern herausfinden, was das ist. Wie ich näher herankomme, entdecke ich eine Gruppe von Mädchen und Jungen, die im Sand sitzen und singen. Es sind ähnliche Lieder, wie Mama und Papa sie mir beigebracht haben, als ich noch klein war. Da haben wir oft zusammen gesungen. Einerseits stimmt mich das traurig, andererseits bin ich froh, dass ich diese Lieder wieder einmal höre. Ich setze mich zu den Kindern. Ein freundlicher junger Mann bringt mir ein Liederbuch. Dann erzählt er die Geschichte vom Apostel Petrus, wie er aus dem Gefängnis herauskam, weil die Jünger für ihn beteten. Danach bleibe ich nachdenklich sitzen, obwohl die meisten Kinder weggehen.

»Hat dir die Geschichte gefallen?« fragt der junge Mann und setzt sich neben mich in den Sand.

»Ja, ich habe gut zugehört. Aber wissen Sie, das klappt nicht immer!«

»Was klappt nicht immer?« fragt er erstaunt.

»Dass man betet und Gott antwortet...«

»Ja«, sagt er, »jetzt versteh ich, was du sagen willst. Es stimmt, dass wir nicht immer die Antwort bekommen, die wir gern möchten. Worum hast du denn gebetet und hast es nicht bekommen?«

Ich weiss selber nicht warum, aber ich erzähle ihm alles. Ich erzähle ihm von Mama und Papa und von Brasilien. Ich erzähle ihm von Franziska und Peter und von der Briefmappe und von meiner Ungezogenheit. Dann erzähle ich ihm auch von Tiger, und dass Gott unser Gebet nicht erhört hat. Darüber sprechen wir lange, und Herr Keller hört mir aufmerksam zu. Manchmal unterbricht er mich, um mir eine Frage zu stellen, oder nickt verständnisvoll mit dem Kopf.

»Und warum hat Gott unser Gebet nicht erhören können? Peter glaubt jetzt nicht mehr, dass das Gebet etwas nützt, und ich fürchte, dass Franziska auch nicht mehr daran glaubt.«

»Das ist schwierig zu sagen«, antwortet Herr Keller nachdenklich. »Wir können Gottes ganzen Plan nicht sehen, sondern nur kleine Teile daraus, die uns persönlich angehen.«

Er nimmt den Fotoapparat, den er um den Hals trägt, und bittet mich, durch den Sucher zu schauen. Ich sehe einen Teil der Bucht mit einer Familie, die gerade isst, und einem Pudel, der um sein Teil bettelt. Dann gebe ich den Fotoapparat zurück.

»Du hast durch den Sucher nur einen kleinen Teil des Strandes sehen können«, erklärt mir Herr Keller. »Schau mal, wie gross der Strand in Wirklichkeit ist. Auch in andern Teilen der Bucht passieren Dinge, aber du konntest es nicht erkennen. So ist es auch mit Gott. Er sieht die ganze Menschheit, die ganze Welt. Wir jedoch sehen nur unsern kleinen Lebensbereich, in dem wir leben. Stell dir einmal vor, die Nachbarin hätte für ihre Vögel gebetet. Durfte sie dann von Gott nicht erwarten, dass er die Tiere verschwinden liess, die ihre geliebten Vögel quälten?«

»Die und beten!« sage ich ohne zu zögern. »Und selbst wenn sie gebetet hätte, glaube ich nicht, dass Gott so geantwortet hätte, dass er Tiger sterben liess.«

»Du weisst ja nicht, ob der Hund den Kater umgebracht hat. Das hat die Nachbarin doch nicht gesagt.«

»Was hätte ihm denn sonst schon zustossen können?«

»Ich weiss nicht – vielleicht werden wir es eines Tages erfahren. Versuche weiter zu glauben, dass Gottes Plan immer der beste für uns ist.«

Ich verspreche es. Dann fragt Herr Keller, wo wir wohnen, und sagt, er würde an einem Abend Tante Anni und Onkel Robert besuchen. Ich sage ihm, dass ich sie darauf vorbereiten werde. Dann gehe ich wieder zu den andern zurück.

9. Unvorhergesehenes

Das schöne Wetter hält, und wir spielen jeden Tag von morgens bis abends am Strand. Die Tage vergehen viel zu schnell. Aber meiner Tante scheint es nicht gut zu gehen. Sie sitzt immer im Liegestuhl und hat den Kopf im Schatten eines Sonnenschirmes, den wir hier gekauft haben. Peter ist froh, dass seine Mutter vor der Abreise soviel vorgekocht hat. So haben wir jetzt genügend zu essen, ohne dass sie sich anstrengen muss. Spät am Montagabend – Franziska, Peter und ich liegen auf unseren Wolldecken, schlafen aber noch nicht – hören wir Schritte, die zu unserem Wohnwagen führen.

»Ist jemand da?« fragt eine Stimme. Ich schaue aus dem Zelt und sehe Herrn Keller. Onkel Robert erscheint. Er hat gerade das Geschirr gespült und hat noch die Küchenschürze umgebunden. Darunter schauen seine nackten Beine hervor, denn er trägt Shorts. Er gibt Herrn Keller die Hand und bittet ihn, hereinzukommen.

Lange höre ich ihre Stimmen und wüsste gern, was sie besprechen. Franziska schläft bereits und liegt auf der Seite, Peter auf dem Bauch. Vielleicht schläft er auch schon. Zur Sicherheit frage ich ihn: »Peter?« – keine Antwort. Also schläft er tief. Auf allen vieren krieche ich aus dem Zelt und schleiche zum Wohnwagen hinüber. Die Tür steht offen, und ich kann die einzelnen Stimmen gut hören.

»Als wir noch Kinder waren, war es einfach, Christ zu sein«, sagt mein Onkel. »Unsere Mutter hat von klein auf mit uns gebetet. Wir haben auch zusammen in der Bibel gelesen und sind zur Kirche gegangen. Damals war das eine Selbstverständlichkeit.«

»Dann hast du mich geheiratet«, sagt Tante Anni leise, »und alles ist schwieriger geworden.«

»Das war's nicht«, antwortet mein Onkel, »du warst eine bessere Christin als ich. Nur – ach, ich weiss auch nicht. Wir mussten das Haus kaufen, dann kamen die Kinder zur Welt... Ich glaube, wir haben Gott immer mehr zur Seite geschoben.«

»Ich weiss«, sagt Herr Keller verständnisvoll. »Das passiert oft. Und heute?«

»Heute«, antwortet Onkel Robert bestimmt, »wissen wir, dass wir zu ihm zurückkehren sollten, um ihm von neuem den ersten Platz in unserm Leben einzuräumen.«

»Ich glaube, dazu hat uns Joel verholfen«, sagt Tante Anni. »Wenn man sieht, wie er kämpft, wo wir Gott weggeschoben haben – das beschämt mich manchmal.«

Plötzlich erkenne ich, dass es nicht richtig ist, was ich hier mache. Schnell gehe ich zum Zelt zurück; aber ich bin so tief in Gedanken versunken, dass ich nicht aufpasse, wohin ich gehe, und gegen die Töpfe stosse, die mein Onkel draussen zum Trocknen hingelegt hat. Ich halte den Atem an, doch niemand kommt heraus, und so schlüpfe ich erleichtert in meinen Schlafsack. Ich bin überglücklich, trotz der Gewissensbisse. Ich möchte gern, dass Mami und Papa erfahren, was mit Tante Anni und Onkel Robert passiert ist. Ich weiss, dass sie sich auch freuen werden. Ich schaue auf meine Uhr. Es ist zehn Uhr. Ich gähne, drehe mich um und schlafe ein.

Motorengeräusch weckt mich – es ist ganz dunkel. Männer sprechen leise. Ich strecke meinen Kopf aus dem Zelt und sehe Licht im Wohnwagen und einen Krankenwagen. Zwei Sanitäter steigen mit einer Bahre in den Wohnwagen. Mein Herz krampft sich zusammen.

»Kommen Sie mit uns?« flüstert einer der Männer.

»Nein, ich kann die Kinder nicht allein lassen«, antwortet Onkel Robert. »Ich sage ihr nur schnell auf Wiedersehen.«

Er steigt in den Krankenwagen. Für ein paar Minuten kann ich ihn nicht sehen, dann kommt er wieder heraus.

»Ich rufe Sie morgen früh an«, sagt er zum Sanitäter.

Dann fährt der Krankenwagen langsam fort. Onkel Robert dreht sich um und sieht meinen Kopf in der Öffnung.

»Na, du?« sagt er gedankenvoll. »Schläfst du nicht?«

»War das Tante Anni?« frage ich besorgt, obwohl ich die Antwort schon im voraus weiss.

»Ja«, sagt mein Onkel. »Es ging ihr schon ein paar Tage nicht gut.«

»Ich weiss«, antworte ich. »Tut es ihr wieder auf der Seite weh?«

Onkel Robert sieht mich erstaunt an.

»Woher weisst du, wo es ihr weh tut?« fragt er.

»Zu Hause, als wir die Sachen einpackten, tat es ihr dort auch weh. Sie bat mich, ihr eine Tasse Tee zu kochen, und hielt sich die Hand auf diese Seite.«

»Das hatte sie mir gar nicht gesagt«, sagt Onkel Robert mehr zu sich selbst. »Sie wollte uns bestimmt die Ferien nicht verderben – oder sie dachte, es würde vorbeigehen.«

»Was ist es denn? Was hat sie?«

»Ich bin mir noch nicht sicher«, antwortet Onkel Robert, und sein Gesicht verdüstert sich,« aber es ist wohl Blinddarmentzündung. Darum habe ich sie ins Krankenhaus bringen lassen.«

»Ist das ganz plötzlich gekommen, nachdem Herr Keller weg war?«

»Woher weisst du denn, dass Herr Keller da war?« fragt mich Onkel Robert erstaunt. »Ich dachte, ihr würdet alle drei schlafen.«

»Die andern haben geschlafen«, antworte ich zögernd. »Aber ich – ich habe ein bisschen zugehört.«

»Du hast gelauscht, Joel?« wiederholt er. »Das hätte ich dir nicht zugetraut.«

Mir ist es gar nicht wohl in meiner Haut.

»Das tu ich sonst auch nicht«, sage ich, »aber ich wollte so schrecklich gern wissen, was Herr Keller euch erzählt, weil ich wusste, dass er euch viel besser von Gott erzählen kann als ich.«

Onkel Robert lächelt:

»Ja, er hat uns vieles über Gott erzählt, obwohl wir schon einiges wussten. Aber wir hatten doch manches vergessen.«

»Aber jetzt, wo ihr es wieder wisst, könnten wir da zusammen beten, wie ich es mit Mama und Papa tat?«

»Ja, das werden wir tun«, bejaht Onkel Robert. »Aber erst muss ich wieder ein wenig üben.«

Ich schlage schüchtern vor:

»Und wenn wir für Tante Anni beten würden? Mama sagt immer, dass man sich wohler fühlt, wenn man weiss, dass andere für einen beten.«

»Du hast bestimmt recht«, sagt Onkel Robert.

So bete ich trotz meiner seltsamen Stellung: den Kopf im Freien, den restlichen Körper im Zelt.

»So, und jetzt schlaf wieder«, sagt Onkel Robert. »Ich will auch versuchen, ein wenig zu schlafen. Morgen werde ich früh aufstehen und im Krankenhaus anrufen.«

So schlüpfe ich wieder ganz in das Zelt. Mein Nacken ist steif, und ich kann nicht schlafen. Ich denke die ganze Zeit an Tante Anni, an meinen Onkel und an Herrn Keller. Ich bin froh, dass er gestern abend gekommen ist. Dann muss ich wohl eingeschlafen sein, denn ich kann mich an nichts mehr erinnern, bis mich meine kleine Kusine weckt, indem sie mich schalkhaft mit ihren langen Haaren am Kinn kitzelt.

Natürlich glauben mir die beiden nicht, was ich ihnen von ihrer Mutter und dem Krankenwagen erzähle. Sie rennen zum Wohnwagen, aber da ist niemand. »Wahrscheinlich ist Onkel Robert telefonieren gegangen«, sage ich, und in dem Augenblick kommt er gerade zurück. Er macht ein besorgtes Gesicht.

»Es war eine Blinddarmentzündung«, sagt er. »Aber bevor sie operieren konnten, ist der Blinddarm geplatzt. Mami ist sehr krank. Um zehn Uhr will ich ins Krankenhaus gehen. Darum müssen wir jetzt schnell frühstücken.«

Keiner hat richtig Hunger – nicht einmal Peter. Das beweist, dass er sehr bestürzt ist. Wir knabbern einen Apfel und etwas Brot und trinken die restliche Milch von gestern abend, die schon etwas seltsam schmeckt, weil gestern niemand daran gedacht hat, sie in den Eisschrank zu stellen. Jetzt merke ich erst, was meine liebe Tante alles tut: Sie bindet zum Beispiel Franziskas Pferdeschwanz, schneidet Peter eine Scheibe Brot, holt mir die Marmelade usw.

Als wir mit Frühstücken fertig sind, stellt Onkel Robert die Tassen in die Mitte des Tisches und stützt die Ellenbogen auf. Dann erzählt er Franziska und Peter von Herrn Kellers Besuch. Er erzählt ihnen, wie Herr Keller ihnen geholfen hat, sich wieder an Gott zu erinnern.

»Mami ist schwer krank«, sagt er dann ernst, »und Joel und ich haben Gott gebeten, dass er sie heilt. Wollt ihr zwei ihn auch bitten?«

Ich schaue Peter an. Ich weiss, dass er nicht einfach beten wird, nur um seinem Vater eine Freude zu machen. Andererseits weiss ich nicht, wie er seinem Vater diese Bitte verweigern könnte.

»Also Papa«, sagt er endlich, »ich bete, aber ich glaube nicht, dass das viel nützen wird. Wir haben auch für Tiger gebetet, und es hat doch nichts genützt. Meinst du, dass es hilft, auch wenn man selber nicht daran glaubt?«

»Aber sicher«, antworte ich bestimmt. »In der Bibel ist einer, der dachte wie du, und er betete... ich erinnere mich genau... es war ein ganz kurzes und seltsames Gebet«

»Wie lautete es?« fragt Franziska interessiert.

»Etwa so: ›Herr, ich glaube; hilf mir, wenn ich nicht glaube.‹«

»Das ist allerdings seltsam«, sagt Franziska. »Und hat Gott geantwortet?«

»Ja, er hat geantwortet. Der kleine Junge dieses Mannes war krank, und Gott hat ihn geheilt.«

»So, dann wollen wir jetzt beten«, sagt Onkel Robert bestimmt. »Und dann gehe ich ins Krankenhaus und besuche Mami.«

Als er weg ist, wissen wir nicht, was wir tun sollen. Wir haben keine Lust, im Wasser herumzutollen, wenn Tante Anni so krank ist. Aber irgendwie müssen wir die Zeit ja doch verbringen.

»Dann schwimmen wir eben nur ganz kurz«, schlägt Peter vor. »Wir brauchen uns dann nicht zu waschen. Und wenn Papa zurückkommt, sind wir wieder hier.«

Gesagt, getan. Diesmal gefällt es mir im Wasser. Mit meinen Gedanken bin ich aber bei Tante Anni. Darüber vergesse ich, dass ich eigentlich Angst habe zu schwimmen. Ich spiele im Wasser, tolle herum und stelle plötzlich fest, dass ich mit meinen Armen schwimme, dabei aber nicht mehr auf dem Boden stehe.

»Peter! Franziska! Ich kann schwimmen! Ich kann schwimmen!«

Dann werde ich müde und muss aus dem Wasser, um mich auszuruhen. Nachdem ich nun weiss, dass ich wirklich schwimmen kann, übe ich weiter, und Franziska zählt, wie viele Züge ich nacheinander machen kann, ohne auf dem Grund zu stehen. Ich bin überglücklich!

Als wir zum Wohnwagen zurückkehren, ist Onkel Robert schon da.

»Ich durfte nur ein paar Minuten zu Mami ins Zimmer gehen; heute nachmittag darf ich wieder ein wenig zu ihr.«

»Hat sie dir etwas gesagt für mich?« fragt Franziska.

»Franziska, sie hat mich gar nicht erkannt. Sie ist sehr krank«, sagt Onkel Robert.

Seltsam, dass Tante Anni ihren Mann nicht erkennt, wo sie ihn doch jeden Tag sieht. Das muss Onkel Robert schwer zu schaffen machen.

Zum Mittagessen machen wir eine Konservendose auf. Und zur Nachspeise kaufen wir uns ein Eis. Ich kaufe mir gleich noch eine Karte, denn ich will Mama und Papa schreiben, dass Tante Anni im Krankenhaus ist und dass ich schwimmen kann. Dann gehe ich an den Strand und besuche Herrn Keller. Ich erzähle ihm, was mit Tante Anni passiert ist. Er ist sehr traurig darüber und sagt mir, dass er auch für sie beten werde. Jetzt sind wir fünf, die für sie beten.

Wir wollten eigentlich nur noch einen Tag auf dem Campingplatz bleiben. Aber was machen wir jetzt, wenn Tante Anni im Krankenhaus liegt? Können wir nach Hause fahren und sie hier lassen? Als mein Onkel am Nachmittag zu ihr kommt, schläft sie noch. Aber der Arzt glaubt, es gehe ihr etwas besser. Was für eine Erleichterung!

An diesem Abend beten wir wieder für sie. Und als ich im Bett liege, bete ich allein weiter. Bestimmt bin ich während dem Beten eingeschlafen, denn ich träume, dass mich jemand besucht. Es ist ein Mann mit einer sehr lieben, gütigen Stimme, aber sein Gesicht kann ich nicht sehen. Er steht neben mir und sagt: »Alles wird gut, Joel. Tante Anni geht es bald besser, mach dir keine Sorgen mehr.« Ich versuche krampfhaft, sein Gesicht zu sehen, aber das Licht ist zu hell, und ich muss die Hände vor die Augen legen, um sie zu schützen. Dann wache ich auf, und die Sonne scheint ins Zelt und auf mein Kopfkissen. Onkel Robert steht am Zelteingang und strahlt über das ganze Gesicht:

»Mami geht es besser!« sagt er glücklich. »Sie wird wieder gesund. Alles wird wieder gut!«

Wir sind so froh, dass wir sofort aufstehen. Onkel Robert hat ein gutes Frühstück zubereitet mit Schinken, Eiern und Käse. Mit grossem Hunger essen wir alles, während uns die Morgensonne bescheint.

10. Onkel Roberts Neuigkeiten

Am Samstag müssen wir den Wohnwagen wieder in St. André abgeben. Aber meine Tante liegt noch im Krankenhaus und wird noch mindestens zehn Tage dort bleiben müssen. Wir überlegen hin und her, was wir tun sollen, finden aber keine gute Lösung. Doch abends kommt Herr Keller und macht meinem Onkel einen Vorschlag:

»Sie könnten Ihr Zelt neben dem Wohnwagen der Mission aufschlagen«, sagt er. »Unser Wohnwagen steht neben einem alten Bauernhof, ein paar hundert Meter von hier entfernt. Sie könten Ihren Wohnwagen morgen zurückbringen, und ich kümmere mich in der Zwischenzeit um die Kinder. Und dann kommen Sie wieder zurück und bleiben noch eine Woche hier.«

»Das würde in der Tat mein Problem lösen«, erwidert Onkel Robert nachdenklich. »Ich möchte nicht gern meine Frau ganz allein im Krankenhaus lassen. Und es ist einfacher, hier auf die Kinder aufzupassen als zu Hause. Wenn Sie wirklich meinen, daß ich das tun kann, dann danke ich Ihnen herzlich.«

»Ich habe auch zwei Betten in meinem Wohnwagen«, lacht Herr Keller. »Ich habe bestimmt genug Platz!«

»Nun muss ich aber in meiner Firma anrufen und fragen, ob ich noch eine Woche Urlaub bekommen kann«, sagt Onkel Robert. »Dann kann ich morgen früh hier losfahren und bin am Nachmittag zurück.«

Auf der Wiese liegend haben wir die Unterhaltung mit wachsendem Interesse verfolgt. Erleichtert schauen wir uns an, waren wir doch nicht ganz sicher gewesen, wie Onkel Robert antworten würde.

Am nächsten Morgen sind wir schon früh auf, um Onkel Robert zu winken. Dann packen wir alles, was wir können, in Säcke und Koffer und warten darauf, daß Herr Keller uns holt.

»Wir müssten eigentlich auch das Zelt abbrechen«, meint Peter. »So können wir es unmöglich transportieren.«

Diese Arbeit ist sehr anstrengend. Als Herr Keller in seinem kleinen Wagen angefahren kommt, sind wir ganz erhitzt und schmutzig. Er grüsst uns lachend.

»Warum geht ihr nicht schwimmen?« fragt er und betrachtet unsere verschwitzten Körper. »Ihr könnt bis zu meinem Wohnwagen herunterschwimmen. Ihr werdet die Stelle leicht erkennen, weil dort auf der Felsküste eine Fahne gehisst ist. Das ist doch ein bisschen angenehmer, als in der Hitze mit mir im Auto zu fahren.«

So holen wir die Badehosen aus dem Koffer. Schnell sind wir umgezogen, und im nächsten Augenblick rennen wir ins Wasser. Wie kalt das ist! Doch nach einigen Sekunden gewöhnen wir uns an die Temperatur und finden es ganz angenehm. Wir tummeln uns, werfen uns gegenseitig den Ball zu, und ich schwimme fünfzehn Züge. Franziska zählt, um sicher zu gehen, dass ich nicht mogele. Endlich sind wir auf der Höhe der Fahne und klettern auf die Felsküste. In der Sonne trocknen wir schnell. Dann stellen wir zusammen mit Herrn Keller das Zelt wieder auf und besichtigen seinen Wohnwagen, der viel kleiner als unserer ist. Herr Keller backt für uns einen Eierkuchen mit Schinken. Er schmeckt uns prima.

»Ich wusste gar nicht, dass Männer kochen können«, murmelt Peter. »Papa kann nur aus Dosen kochen und Eis machen.«

»Das ist doch gar nicht gekocht«, lacht ihn Franziska aus.

»Unter den besten Köchen der Welt sind viele Männer«, sagt Herr Keller zu Peter. »Ich wäre oft am Verhungern, wenn ich nicht selber kochen könnte.«

»Wohnen Sie immer in Ihrem Wohnwagen – wie die Zigeuner?« fragt Franziska.

»Im Sommer ja«, erwidert Herr Keller. »Dann besuche ich fast alle Zeltplätze an dieser Küste. Meistens ziehe ich nach einer

Woche auf den nächsten Platz, manchmal bleibe ich auch vierzehn Tage.«

»Das muss doch interessant sein«, sagt Peter neidisch.

»Ja, da hast du ganz recht«, bejaht Herr Keller. »Aber die Arbeit ist auch ziemlich anstrengend. Ich spiele viel mit den Kindern, zeige ihnen, wie man Sandburgen baut, und bringe ihnen das Schwimmen bei. Dann muss ich die Kinderstunden vorbereiten und überlegen, welche Bilder ich gebrauchen kann, um die Geschichten noch interessanter zu machen. Und am Abend, wenn die Kinder schlafen, ziehe ich mich in einen ruhigen Winkel zurück, lese in der Bibel und spreche mit Gott über die Kinder, die ich tagsüber kennengelernt habe.«

»Haben Sie Gott auch von uns erzählt?« fragt Franziska.

»Aber sicher«, antwortet Herr Keller lächelnd, »und natürlich auch von euren Eltern.«

»Glauben Sie, dass das Beten überhaupt etwas nützt?« erkundigt sich Peter.

»Ja, ganz bestimmt«, sagt Herr Keller.

»Ich kann das einfach nicht so recht glauben«, sagt Peter langsam. »Früher war ich der Meinung, dass es überhaupt nichts nützt, aber jetzt, wo es Mami besser geht, weiss ich nicht recht, was ich denken soll.«

»Eines Tages wirst du es auch glauben«, sagt Herr Keller bestimmt. »Und dann wirst du erstaunt sein, dass du daran zweifeln konntest, dass Gott Gebete erhört.«

»Wie können Sie das wissen?« fragt Peter erstaunt und runzelt die Stirn.

»Weil ich für dich beten werde.«

»Ich lasse mich nicht gern zwingen«, fährt Peter auf.

»Gott zwingt niemanden, Peter. Da kannst du beruhigt sein. Und jetzt gehen wir noch einmal schwimmen. Ich werde euch das Kraulen beibringen. Und heute nachmittag habe ich dann wieder eine Kinderstunde.«

Ich schwimme noch nicht gut genug, um das zu lernen. Aber Franziska und Peter begreifen es schnell – vor allem Franziska, und Peter ist fast ein wenig neidisch.

Onkel Robert kommt spät am Abend zurück. Wir liegen schon in unseren Betten. Er steckt den Kopf durch die Zeltöffnung, um uns gute Nacht zu sagen und zu sehen, ob alles in Ordnung ist.

Tante Anni geht es jeden Tag etwas besser, und wir verbringen eine herrliche Woche. Ich lerne viel aus der Bibel und auch manches neue Lied. Franziska und Peter freunden sich genauso schnell mit Herrn Keller an, wie ich es getan habe. Aber Peter zweifelt immer noch an Gott. Franziska stellt viele Fragen. Und manchmal sucht sie im Neuen Testament die Geschichten, die Herr Keller uns erzählt hat.

Aber dann kommt auch schon das Ende dieser herrlichen Woche. Es fällt uns richtig schwer, von Herrn Keller Abschied zu nehmen. Aber er verspricht, uns zu besuchen, wenn er im Winter nach Hause zurückkehrt.

Tante Anni darf nicht mit uns im Wagen zurückfahren, aber am nächsten Mittwoch wird sie im Krankenwagen nach Hause gefahren werden. Ihre Schwester wird uns den Haushalt führen, bis es Tante Anni wieder gut geht.

Die langen Sommerferien waren so schön gewesen, dass wir gar keine Lust verspüren, wieder zur Schule zu gehen. Bis zu den nächsten Ferien wird es noch lange dauern!

Eines Tages kommt Onkel Robert freudestrahlend nach Hause. Sofort setzt er sich neben meine Tante und nimmt ihre Hand. Ich liege auf dem Teppich und lese ein Buch.

»Hättest du Lust, nach Amerika zu gehen?« fragt er sie geheimnisvoll.

»Nach Amerika?« fragt sie erstaunt. »Was soll das heissen, Robert?«

»Genau das, was ich sage«, antwortet er fröhlich. »Meine Firma möchte, dass ich für drei Monate nach Amerika gehe. Im nächsten März schon. Alles wird bezahlt. Und ich darf meine Frau mitnehmen.«

»Und die Kinder?« fragt Tante Anni sofort.

»Tja, das ist die Schwierigkeit«, gesteht Onkel Robert. »Aber vielleicht könnten wir jemanden finden, der in der Zwischenzeit auf sie aufpasst. Der Wechsel täte dir auch gut«, fügt er hinzu und betrachtet liebevoll das mager gewordene Gesicht seiner Frau. »Und wir wären fast eine Woche lang auf dem Schiff.«

»Das wäre schön«, träumt Tante Anni vor sich hin. »Aber ich weiss nicht, wie wir das alles machen sollen. Ich wüsste nicht, wen ich fragen könnte, sich so lange um Franziska und Peter zu kümmern – und um Joel.«

»Vielleicht haben mich Mama und Papa bis dahin schon geholt«, mische ich mich ein. »Das Missionshaus müsste nämlich bald fertig sein, schrieb Mama in ihrem letzten Brief.«

Meine Tante steht auf und schüttelt leicht ihren Kopf, um Onkel Robert anzudeuten, dass er nicht weitersprechen soll.

»Davon kann gar keine Rede sein, dass ich nach Amerika fahre, Joel«, sagt sie und lächelt mir besonders herzlich zu. »Onkel Robert wird allein auf diese Geschäftsreise gehen, und ich werde zu Hause bleiben und mich um dich, Franziska und Peter kümmern. Du möchtest doch nicht, dass ich so weit fortgehe, oder?«

Natürlich will ich nicht. Als ich Mami das nächste Mal schreibe, erzähle ich ihr das alles. Ich frage sie auch, wie weit der Hausbau ist. Es macht mich unglücklich, wenn ich weiss, dass Tante Anni meinetwegen nicht mitreisen kann.

Am nächsten Samstag gehe ich wieder einmal zur Scheune. Alles ist voll Unkraut. Meine Werkzeuge sind rostig geworden, das Papier auf dem Boden ist ganz feucht. Jetzt kann man diese Hütte wirklich nicht mehr gebrauchen, zumindest nicht im Winter.

Eines Tages, als wir unsern Spielschrank aufräumen, stossen wir wieder auf unseren Papierdrachen. Wir tauschen ihn in der Schule gegen zwanzig Glaskugeln und ein Taschenmesser ein, dessen Klinge kaputt ist. Im Augenblick spielt jedermann mit diesen Glaskugeln, und Tante Anni näht uns kleine Säckchen, um sie aufzubewahren. Auf jedes Säckchen stickt sie unsere Anfangsbuchstaben.

»Ist doch lustig, wie die Spielsachen wechseln«, sage ich zu ihr, als sie die Säckchen näht. »Weisst du noch, mit was für Spass wir diesen Papierdrachen gebastelt haben? Und jetzt haben wir ihn gegen ein paar Glaskugeln eingetauscht...«

»Und an deine Werkstatt kannst du dich auch noch erinnern?« fragt sie. »Du hast mir zum Geburtstag so eine schöne Mappe gebastelt. Und dann warst du so entsetzt, als dich Peter fragte, wo du sie gekauft hättest.«

»Und jetzt sind alle meine Werkzeuge rostig, und in dem alten Schuppen möchte ich mich jetzt nicht mehr aufhalten.«

»Aber ich bin immer noch traurig, wenn ich an Tiger denke«, unterbricht Franziska. »Seine Halskette habe ich sorgfältig aufbewahrt, und ich denke immer an ihn.«

»So, jetzt bin ich fertig mit Nähen«, sagt Tante Anni und beendet die Unterhaltung.

Peter und ich holen unsere Glaskugeln aus unsern Manteltaschen. Franziska folgt uns, aber für den Rest des Abends wirkt sie niedergeschlagen. Ich weiss, sie denkt wieder an Tiger.

11. Weihnachten bei Oma

Ich habe Mama geschrieben, dass Tante Anni mit Onkel Robert nach Amerika reisen könnte. Und ich habe sie gefragt, ob das Haus bald fertig ist, und ob ich bald zu ihnen kommen kann. Mami hat schnell zurückgeschrieben, dass im März alles fertig sein wird. »Wir beten immer noch, dass wir ein Schiff für die Mission erhalten«, schreibt sie weiter. »Du könntest auch dafür beten, Joel. Und vielleicht könnte dein Sonntagsschulleiter die Kinder bitten, ebenfalls dafür zu beten.« Und Papa hat Onkel Robert geschrieben, er möchte sich doch bitte erkundigen, wie ich am besten nach Brasilien reisen kann.

»Das wird seltsam sein, wenn du nicht mehr da bist«, überlegt Peter. »Wir sind es so gewohnt, dich bei uns zu haben.«

»Für mich wird es schwieriger sein«, antworte ich. »Ausser Mama und Papa werde ich niemanden mehr haben. Du hast immer noch Franziska.«

»Das stimmt ja«, meint Peter, »nur Franziska liebt andere Spiele als ich, und sie hat immer Angst, ihr Kleid zu beschmutzen oder zu zerreissen.«

»Aber das ist doch immer noch besser als nichts!«

»Tja...« sagt Peter wenig überzeugt. »Ich finde, du hast ganz schön Glück, dass du im Flugzeug fliegen darfst. Findest du nicht auch?«

»Ja, schon. Aber Papa sagt, dass es nach einer gewissen Zeit langweilig wird, wenn man immer über den Wolken fliegt und nichts sieht.«

»Wie kann man das nur langweilig finden!« protestiert Peter. »Ich würde gern mit dir tauschen.«

Peter arbeitet im Augenblick viel für die Schule. Er muss im Januar eine wichtige Prüfung bestehen.

»Wenn nur die Büffelei schon zu Ende wäre. Dann ginge es mir auch wieder besser«, schimpft er.

»Denk doch nicht immer daran, Peter. Bald ist Weihnachten, und dann besuchen wir Oma.«

Als wir am Abend vor Weihnachten bei Oma ankommen, entdecken wir gleich zwei Luftmatratzen im Gästezimmer. Oma hat nämlich nicht für alle ein Bett. Darum hat sie sich ein paar Luftmatratzen geliehen. Das gefällt uns natürlich. Ich weiss gar nicht, warum man Betten erfunden hat. So ist es doch viel lustiger, und man kann auch nicht hinausfallen.

Onkel Robert und Tante Anni werden im grossen Bett schlafen.

Tante Alice, Papas und Onkel Roberts Schwester, ist ebenfalls bei Oma zu Besuch. Ihr Mann, Onkel Paul, und die beiden Mädchen Gabi und Claudia sind auch da. So sind wir eine grosse Gesellschaft.

»Ich finde, hier gibt's zu viele Mädchen«, schimpft Peter. »Man kann keinen Schritt machen, ohne nicht Gefahr zu laufen, über eins zu fallen.«

»Dann pass eben auf deine Beine auf«, entgegnet Gabi spöttisch.

Das macht Spass, auf den Luftmatratzen zu schlafen! Sie riechen sogar noch etwas nach Salzwasser und Sand. Endlich, nach langer Zeit, merke ich, wie meine Augenlider schwer werden. Plötzlich wache ich wieder auf. Gabi und Claudia sind leise in unser Zimmer geschlichen und haben die Stöpsel aus den Luftmatratzen gezogen. Fast wären sie mit ihrer Beute entkommen. Aber Peter gelingt es im letzten Augenblick, Gabis Bein zu fassen. Sie fällt hin, lacht aber schallend. Claudia will ihr helfen, da erwischen wir sie auch noch. Franziska weiss nicht, zu wem sie halten soll. Uns müsste sie helfen, weil sie zu unserer Familie gehört, den Mädchen, weil sie auch eins ist. Da erscheint plötzlich Onkel Robert und schickt uns alle in unsere Betten. Doch zuerst bläst er unsere Luftmatratzen wieder auf, was viel Zeit braucht, weil wir ihn immer zum Lachen bringen.

Dann wird es ruhig im Haus. Nur die Kirchenglocken sind noch zu hören. Da bekomme ich auf einmal schreckliche Sehnsucht nach Mami und Papa. Ein Glück, dass es bald März ist...

Am nächsten Morgen erhalten wir alle unsere Geschenke. Ich bekomme ein ferngesteuertes Auto, ein Taschenmesser mit drei Klingen und einem Korkenzieher, ein Flugzeug, das man richtig fliegen lassen kann, einige Bücher und noch ein paar kleinere Dinge.

»Was hast du von Oma bekommen?« fragt Peter und schmatzt vergnügt an seiner Schokolade.

»Warte, das hab ich ja noch gar nicht ausgepackt... schau, das ist ja ein toller Fotoapparat, mit einer Lederhülle, Blitzlämpchen und sechs Filmen!«

»Nicht schlecht«, sagt Peter etwas neidisch. »Ich habe noch gar nichts von Oma bekommen. Dabei schenkt sie uns doch immer etwas.«

»Ich hab auch nichts«, sagt nun Franziska. »Dabei hab ich doch genau auf die Kärtchen geschaut, die an den Päckchen hingen.«

»Schaut mal meine hübsche Puppe an!« ruft Gabi und tanzt vor Freude durchs Zimmer. »Man kann sie baden, ihre Haare waschen, und sie hat einen Koffer voller Kleider.«

»Von Oma?« fragt Franziska. Gabi nickt.

»Und ich habe Rollschuhe von ihr bekommen«, ruft Claudia begeistert. »Aber Mami erlaubt nicht, dass ich sie im Flur ausprobiere...« fügt sie schmollend hinzu.

»Das ist doch komisch«, sagt Peter. «Oma hat uns bis jetzt noch nie vergessen.«

»Vielleicht hat sie euer Geschenk in ihrem Zimmer liegen lassen?« überlegt Onkel Robert. »Vielleicht hat sie Angst gehabt, ihr würdet's in dem Gewühl übersehen.«

Er zwinkert mit den Augen, so, als wollte er sich über die beiden lustig machen. Tante Anni lächelt ebenfalls, als würde sie das Geheimnis kennen.

Zweifelnd gehen Franziska und Peter zu Oma. Ich folge ihnen. Oma sitzt auf ihrem Bett und ist mit bunten Papieren und Bändchen bedeckt.

»Frohe Weihnachten«, wünscht sie uns. »Schaut euch mal meine vielen Geschenke an. Ich weiss gar nicht, wo ich mit Auspacken anfangen soll. Gefällt dir der Fotoapparat, Joel?« fragt sie und hält mir ihre Wange hin, damit ich ihr einen Kuss geben kann.

»Ausgezeichnet, Oma«, sage ich herzlich. »Ich werde dir die schönsten Fotos aus Brasilien schicken.«

»Ach ja, Brasilien...«, sagt Oma langsam. »Da fällt mir ein...« Dabei lächelt sie Peter und Franziska an, die am Fussende des Bettes sitzen.

Sie wühlt zwischen den Karten und Papieren und zieht zwei längliche Umschläge hervor. Einen gibt sie Franziska und einen Peter. Gespannt öffnen die beiden ihre Umschläge.

»Flugscheine!« ruft Peter. »Wohin, Oma?«

»Lies!« sagt sie nur.

Peter überfliegt die rosa Papiere: nach Manaus via Bermudas, Trinidad, Georgetown und zurück. Was heisst das, Oma?«

Inzwischen sind Onkel Robert und Tante Anni gekommen und stehen im Türrahmen.

»Das heisst, Oma hat euch Flugkarten nach Brasilien geschenkt, hin und zurück – als Weihnachtsgeschenk!« sagt Onkel Robert. »Joels Eltern haben euch eingeladen, drei Monate mit ihnen in Manaus zu verbringen, während Mami und ich für drei Monate nach Amerika reisen.«

»Einmalig! Das ist einfach toll!« jubelt Peter, und seine Augen strahlen. »Und wir dachten, du hättest uns dieses Jahr vergessen.«

Dann fällt er seiner Grossmutter um den Hals. Ich bin nicht sicher, aber ich glaube, er hat Tränen in den Augen vor Freude.

Franziska ist ebenfalls entzückt, aber sie zeigt es nicht auf die gleiche Art. Sie bleibt auf dem Bett sitzen und drückt mir so fest die Hand, dass es mir fast weh tut.

In den nächsten Monaten gibt es noch viel vorzubereiten. Peter besteht seine Prüfung, und seine Eltern sind sehr zufrieden mit ihm. Dann kommt ein Brief von Papa, in dem er schreibt, dass Herr Bossy, ein Missionar, im März nach Brasilien zurückkehrt und sich auf der Reise von Trinidad nach Manaus um uns kümmern wird. Etwas Angst hätten wir doch gehabt, allein zu reisen.

Zwei Wochen vor unserer Abfahrt klopft es eines Abends an die Tür. Tante Anni öffnet. Draussen steht unsere Nachbarin. Ihr Gesicht ist stark gerötet, als hätte sie geweint.

»Kann ich Sie einen Augenblick stören?« fragt sie mit zitternder Stimme.

Meine Tante lässt sie eintreten. Franziska, Peter und ich spielen gerade auf dem Boden.

»Sollen wir rausgehen?« flüstert Peter seiner Mutter ins Ohr.

»Das wäre besser«, antwortet sie ebenso leise. Aber die Nachbarin hebt die Hand und bittet, dass wir hierbleiben.

So setzen wir uns nebeneinander auf die Couch. Uns ist nicht sehr wohl zumute. Die beiden Frauen setzen sich in die Sessel, und dann fängt die Nachbarin zu reden an.

»Es ist wegen der Katze«, sagt sie und zieht ein Taschentuch aus der Tasche.

»Tiger?« stösst Franziska erregt aus.

»Sie glauben, er sei tot, nicht wahr?« sagt sie dumpf. »Nun, er ist nicht tot.«

Franziska springt von ihrem Sitz auf.

»Er ist nicht tot?« fragt sie strahlend und klatscht vor Freude in die Hände. »Wo ist er denn?«

»Er ist weit weg von hier«, sagt die alte Frau zufrieden, »zum Glück!«

»Fangen Sie doch bitte von vorn an«, sagt Tante Anni. »Meine Tochter war sehr traurig über den Verlust des Katers.«

»Deshalb bin ich ja hier«, sagt die Alte. »Als ich hörte, dass Sie verreisen wollen, konnte ich nicht mehr länger schweigen. Ihr Kater hat immer meine Vögel gequält. Eines Tages sah ich einen meiner Vögel bewegungslos auf dem Boden des Käfigs liegen – er war vor Angst gestorben. Ich habe gesehen, wie Ihr Kater einen Augenblick vorher über die Mauer spaziert war. Am nächsten Tag besuchte mich mein Bruder. Da habe ich ihm alles erzählt.

›Lass mich den Kater für dich fangen, Eva!‹ sagte er.

›Das kannst du nicht machen. Das kleine Mädchen hängt zu sehr an ihm!‹

›Und deine Vögel sterben, wenn er bleibt‹, antwortete er.

Da wusste ich, dass ich keine Wahl hatte.

›Tu ihm nichts‹, bat ich meinen Bruder. Das versprach er auch.
›Bring ihn irgendwo hin, wo er keinem mehr schaden kann.‹

So nahm er ihn mit, und ich warf das Halsband über die Mauer.«

Franziska stösst einen tiefen Seufzer aus.

»Dann geht es Tiger also gut?« fragt sie schnell.

»Ja, es geht ihm gut«, erwidert die Nachbarin. »Aber ich weiss nicht, ob man ihn Ihnen zurückbringen kann. Mein Bruder hat ein kleines krankes Mädchen. Es bekam die Kinderlähmung, als es zwei Jahre alt war. Darum hat es nie richtig laufen gelernt und wird auch nie gehen können, sagen die Ärzte.«

Sie senkt die Augen.

»Dieses Mädchen liebt Tiger geradezu leidenschaftlich; das Herz würde ihm brechen, wenn der Kater wegginge.«

»Aber es ist doch mein Kater«, sagt Franziska bestimmt. »Ich will ihn wiederhaben!«

Da zieht die Nachbarin aus ihrer Handtasche ein Foto hervor und hält es Franziska hin.

»Das ist die arme Kleine«, sagt sie nur.

Peter schaut seiner Schwester über die Schulter. Er sieht ein mageres kleines Mädchen, das krank aussieht. Es sitzt in einem Rollstuhl. Aber sein Gesicht strahlt, und in den Armen hält es eine Katze. Es ist unser Tiger. Franziska zeigt ihrer Mutter weinend das Bild.

Tante Anni sagt zuerst nichts, streichelt Franziska nur über das Haar. Dann sagt sie:

»Meinst du nicht, du solltest dem Mädchen deinen Tiger lassen? Die Kleine braucht ihn noch mehr als du.«

»Und was würdest du in Brasilien mit ihm machen?« fügt Peter hinzu. »Du könntest ihn doch nicht in ein Tierheim stecken. Da würde er vor Kummer umkommen.«

»Meine Nichte braucht ihn«, sagt die Nachbarin.

Franziska antwortet nichts. Ihr Gesicht ist tränenüberströmt. Sie verläßt das Zimmer, und wir hören sie hinaufgehen. Als sie zurückkommt, hat sie ein kleines Päckchen in der Hand. Sie setzt sich und packt es aus. Es ist Tigers Halsband. Dann löst sie das Schildchen mit Tigers Namen vom Halsband und steckt es in ihre Tasche. Das Halsband wickelt sie wieder ein und überreicht der Nachbarin das Päckchen.

»Schicken Sie das Ihrer Nichte«, sagt sie mühsam. »Sagen Sie ihr, sie möchte lieb zu Tiger sein, und ich sei glücklich, dass sie sich über ihn freut.«

Da fängt die Nachbarin zu weinen an.

Ich schaue zu Peter hinüber. Er macht mir ein Zeichen, und wir gehen leise aus dem Zimmer.

»Lustig ist das mit Tiger«, meint Peter draussen. »Als hätte Gott gewusst, dass wir nach Brasilien gehen, bevor wir es wussten. Und dass Franziska Tiger dann so lange hätte allein lassen müssen.«

»Und er hat Tiger zu jemandem geschickt, der ihn wirklich braucht. Und die Vögel der alten Dame haben endlich ihre Ruhe.«

»Vielleicht ist es am besten so.«

»Alles ist richtig, wie Gott es lenkt«, antworte ich daraufhin.

12. Bitte anschnallen!

Die Wochen vergehen, und endlich ist der Tag unserer Abreise nach Brasilien gekommen. Meine Verwandten haben ihr Haus für drei Monate an eine Familie vermietet, die aus Afrika zurückkommt. Das letzte Wochenende haben wir darum bei Oma verbracht. Jetzt sind wir am Flughafen, und in wenigen Minuten werden wir in einen der grossen Silbervögel einsteigen, der uns auf die andere Erdhälfte tragen wird, bis zu Mama und Papa.

Franziska hält die Hand ihrer Mutter fest, als wir zum Flugzeug gehen und die Lichter der Abflughalle hinter uns lassen. Peter geht ungeduldig voraus. Er kann es kaum erwarten, die grosse Boeing von nahem zu sehen. Ich falle Tante Anni um den Hals und drücke sie fest an mich. Peter steht auf der Treppe und wartet ungeduldig. Die Stewardess lächelt vor sich hin.

»Ach Mami, ich möchte nicht fort«, jammert Franziska.

Ich weiss, was sie empfindet. Ich erinnere mich noch gut an den nassen Schiffsteg und wie Mama und Papa winkten, während sich ihr Schiff immer weiter entfernte.

»Du wirst ja nicht lange wegbleiben«, versuche ich sie zu trösten. »Und denk einmal an all die interessanten Dinge, die du in den nächsten Wochen erleben wirst. Die Zeit wird dir nur zu schnell vergehen!«

Onkel Robert zieht sie liebevoll an ihrem kecken Pferdeschwanz.

»Kopf hoch, mein Kleines«, sagt er. »Dir wird es so gut gefallen in Brasilien, dass du gar nicht mehr nach Hause kommen willst.«

»Doch, natürlich«, protestiert Franziska energisch. Nun kommt die Stewardess und flüstert Franziska etwas ins Ohr, so dass diese grosse Augen macht. Dann dreht sie sich zu ihrer Mutter um:

»Sie sagt, an Bord sei eine richtige Filmschauspielerin. Und sie zeigt mir, wohin ich mich setzen soll, damit ich sie von nahem sehen kann.«

»Nun verabschiedet euch aber schnell«, fordert uns die freundliche Stewardess auf, »sonst sind die besten Plätze besetzt.«

»Haben wir denn keine reservierten Plätze?« fragt Peter erstaunt. Aber die Stewardess führt ihn ins Flugzeug, bevor er noch mehr sagen kann.

»Auf Wiedersehen, Joel«, verabschiedet sich Tante Anni von mir und drückt mich noch einmal fest an sich.

»Auf Wiedersehen, mein Junge«, sagt Onkel Robert und streicht mir über das Haar.

»Auf Wiedersehen, Liebling«, sagt Tante Anni zu ihrer Tochter. »Auf Wiedersehen, Peter...« Aber der ist schon weg.

Die Motoren fangen zu laufen an. Wir setzen uns auf unsere Plätze und schauen durch die kleinen Fenster zu Tante Anni und Onkel Robert hinaus. Sie winken uns.

Die Stewardess zeigt uns, wie wir uns anschnallen sollen. Da rollt das Flugzeug auch schon davon. Franziska drückt sich so fest an mich, wie sie kann. Ich habe ein komisches Gefühl in der Magengegend, dabei habe ich gar keinen Hunger.

»Wir bewegen uns aber nicht schnell«, bemerke ich zu Peter. Sein Gesicht klebt an der kleinen Fensterscheibe, er will auf keinen Fall etwas verpassen.

»Wir sind noch nicht auf der Abflugpiste«, erklärt er mir wichtig, als hätte er sein Leben lang nichts anderes getan, als im Flugzeug gereist. Aber er hat tatsächlich alle Bücher über Flugzeuge gelesen, die er überhaupt auftreiben konnte.

Wir halten noch einmal an, um gleich darauf mit lautem Getöse über die Piste zu rasen. Im nächsten Augenblick hebt die Maschine vom Boden ab – und wir fliegen. Schon sieht man die Gebäude, die zum Flugplatz gehören, nur noch als kleine leuchtende Punkte. Immer höher steigen wir in den blauen Himmel hinauf.

»Einmalig!« ruft Peter begeistert. Er nimmt sein Gesicht vom Fenster weg, um das Bonbon in den Mund zu stecken, das uns die Stewardess angeboten hat.

»Das Flugzeug ist wie ein Vogel in die Luft gestiegen«, jubelt er. Die Stewardess lacht über seine Begeisterung.

Franziska beginnt plötzlich zu gähnen und steckt mich damit an. Ich schaue auf meine Uhr. Es ist fast zehn Uhr, kein Wunder, dass wir müde sind. Und Peter hat mich an diesem Morgen schon um halb sieben geweckt.

Die Stewardess zeigt uns, wie wir unsere Sitze in Liegen verwandeln können. Das ist ja noch bequemer als unsere Luftmatratzen! Franziska beobachtet die Filmschauspielerin, die an einer langen Zigarrette zieht und den Rauch in die Luft bläst.

»Ich finde sie reizend«, flüstert sie voller Bewunderung.

Ich beuge mich vor, um sie besser sehen zu können.

»Sie sieht aus wie Schneewittchen im Schultheater, der die Lehrerin zuviel Schminke ins Gesicht gestrichen hatte«, sage ich zu Franziska.

Sie fängt an zu lachen, und die Filmschauspielerin dreht sich zu uns um. Ich werde ganz rot, weil ich befürchte, dass sie meine Bemerkung gehört hat. Dann verstecke ich mich unter meiner Decke. Nur noch wenige Tage, und ich werde Mama und Papa wiedersehen.

Dann schlafe ich ein.

Plötzlich wache ich auf. Es ist alles still. Wo bin ich nur? Vor mir sehe ich einen rötlichen Haarschopf, der Peter gehört.

»Peter, wo sind wir?«

»Auf den Bermudas«, antwortet er. »Wir haben stundenlang geschlafen. Wir machen eine Zwischenlandung, um aufzutanken, und wir können aussteigen, wenn wir wollen.«

Jetzt setzt sich Franziska auf und reibt sich den Schlaf aus den Augen.

»Es ist warm«, erklärt Peter weiter. »Lasst uns rausgehen! Ich will später sagen können, dass ich schon auf den Bermudas war. Ich brauche ja nicht zu sagen, wie lange ich da war. Ausserdem habe ich Hunger, ich hätte gern etwas zu essen.«

»Neben dem Landeplatz befindet sich ein Restaurant«, erklärt uns die freundliche Stewardess. »Geht dahin, wenn ihr euch die Beine vertreten und etwas essen wollt.«

»Ich hab keinen Hunger«, erwidert Franziska, »aber Durst.«

Wir gehen hinaus und zu dem beleuchteten Restaurant hinüber. Franziska und ich trinken einen Orangensaft. Peter verschlingt vier Würstchen und ein Eis. Draussen fallen uns Palmen und seltsame Blumen auf. Es ist sehr warm, und wir haben Lust, unsere Pullover auszuziehen. Aber wir müssen zurück zum Flugzeug.

Bald sind wir wieder in der Luft und nehmen Kurs auf Trinidad.

»In welcher Höhe fliegen wir eigentlich?« erkundigt sich Peter.

»In ungefähr achttausend Meter Höhe«, erwidert die Stewardess.

»Hoffentlich sind Herr und Frau Bossy nicht da«, sagt Peter auf einmal. »Es wäre doch viel lustiger, allein weiterzureisen. Dann könnten wir machen, was uns gefällt.«

»Aber wir können doch nicht allein auf Trinidad bleiben«, erwidere ich. »Wir müssen nämlich fast einen Tag lang warten, bis unser nächstes Flugzeug abfliegt.«

»Kennst du die Bossys?« fragt mich Franziska. Ich schüttle den Kopf.

»Nein, aber meine Eltern kennen sie schon lange. Herr Bossy und Papa sind zusammen zur Schule gegangen.«

Peter lacht.

»Kann ich mir gar nicht vorstellen, dass dein Vater einmal zur Schule gegangen ist«, sagt er. »Ich kann mir grosse Leute einfach nicht auf der Schulbank vorstellen.«

»Das ist nicht viel anders, als wenn ich mir dich mit der Flasche vorstelle«, unterbricht ihn Franziska. »Dabei habe ich in Mamis Album ein Foto gesehen, auf dem du aus der Flasche trinkst.«

»Sei doch still«, schimpft Peter. Dabei wird sein Gesicht ganz rot. Plötzlich setzt er sich hin.

Kurz darauf bringt uns die Stewardess das Mittagessen, das aus belegten Broten und Orangensaft besteht. Wie das schmeckt!

Am Flughafen von Trinidad erwarten uns die Bossys. Herr Bossy ist gross und schlank und hat weisse Haare, was gar nicht zu seinem jungen Gesicht passt. Er trägt einen kurzen, khakifarbenen Anzug und einen grossen Hut. Frau Bossy ist rundlich und vergnügt, hat schwarze lockige Haare und eine lustige Stupsnase. Beide sehen sehr freundlich aus. Wir gehen mit ihnen zu ihrem Wagen, der von einem Pony gezogen wird. Peter erklärt – wahrscheinlich zum ersten Mal in seinem Leben –, dass er gern ein Bad nehmen würde.

Wir sind tatsächlich ganz verschwitzt und schmutzig, denn wir haben uns seit unserer Abreise in Frankreich nicht mehr gewaschen. So sind wir froh, als Frau Bossy uns einlädt, mit ihnen schwimmen zu gehen. Wir bleiben fast den ganzen Tag am Strand.

Doch der Augenblick kommt, wo wir zum Flughafen zurückkehren müssen, um unsere nächste Reiseetappe anzutreten, die uns nach Georgetown bringen wird. Es macht richtig Spass, mit den Bossys zusammen zu sein!

Unser nächstes Flugzeug ist nicht mehr ganz so gross wie das erste. Aber dafür ist es gemütlicher. Wir haben uns schon ganz an das Fliegen gewöhnt.

Am Samstagmorgen müssen wir noch einmal das Flugzeug wechseln. Es trennen uns noch tausend Kilometer von Manaus. Unser neues Flugzeug fasst nur dreissig Personen. Trotzdem sieht es sehr elegant aus. Die Kabine des Piloten ist aber so klein, dass der Kopilot nur knapp neben ihm Platz hat. Die Stewardess ist braungebrannt und nett.

»Bald sind wir da«, sagt Herr Bossy und schaut auf seine Uhr. »Deine Eltern werden überglücklich sein, dich wiederzusehen, Joel!«

Ich kann es auch kaum erwarten, bis ich sie endlich wiedersehen werde. Unter uns breiten sich grüne Wälder aus und Gemüseäcker. Flüsse glitzern in der Sonne wie silberne Bänder.

»Ich bin müde«, seufzt Franziska. »Wie lange dauert es noch, Joel?«

»Nicht mehr lange«, erwidere ich hoffnungsvoll. »Ich habe auch bald genug, weisst du.«

»Aber ich nicht«, meint Peter. »Trotzdem freue ich mich natürlich, wenn ich meine Beine bald ausstrecken und etwas essen kann. Ich sterbe fast vor Hunger!«

Ich habe keinen Hunger, aber ich sehne mich danach, Mama und Papa wiederzusehen. Ich habe den Eindruck, als würden wir immer langsamer fliegen. Das Flugzeug kämpft gegen einen starken Wind und scheint kaum vorwärts zu kommen. Einmal geht die Stewardess zum Cockpit, und ein paar Reisende scheinen sich zu beunruhigen. Einer der Motoren funktioniert nicht mehr richtig. Ich habe Angst, grosse Angst. Meine Hände sind ganz heiss, und ich spüre auf meiner Stirn kleine Schweissperlen.

Die Stewardess kommt bleich nach vorn. »Wegen des Sturms und des ausgehenden Benzins wird der Pilot vielleicht gezwungen sein, eine Notlandung zu machen«, verkündet sie. »Würden Sie deshalb bitte Ihre Zigaretten ausdrücken und sich wieder anschnallen. Es besteht kein Grund zur Aufregung.«

Dann überstürzen sich die Ereignisse. Der letzte Motor fängt an zu husten, dann steht er still. Die plötzliche Stille wird nur vom Heulen des Windes unterbrochen. Wir verlieren an Höhe. Der Pilot hält das Flugzeug gerade. Einen Augenblick schweben wir dahin. Bestimmt sucht der Pilot eine Stelle, an der wir notlanden können. Doch unter uns liegt nur Wald, der von einem breiten Fluss durchschnitten wird. Ich schliesse die Augen und schicke ein Stossgebet in den Himmel: »Herr Jesus, hilf uns, bewahre uns! Lass uns nichts zustossen!«

Wir fallen immer schneller. Dann schlagen wir mit einem ohrenbetäubenden Krach auf die Erde auf. Das Flugzeug rutscht eine ganze Strecke und bohrt zuletzt seine Nase in den nassen, schlammigen Boden. Wir sitzen angeschnallt auf unseren Plätzen, sind erschreckt, durchgeschüttelt, zum Teil gequetscht – aber wir leben!

13. Am Flussufer

»Schnell aussteigen!« brüllt ein dicker Mann mit grauen Haaren, der auf der anderen Seite des Ganges sitzt. »Das Flugzeug könnte anfangen zu brennen.«

»Es besteht keine Gefahr«, beruhigt Herr Bossy. »Wir haben keinen Tropfen Benzin mehr im Tank!«

Er öffnet seinen Sicherheitsgurt und wendet sich uns zu:

»Geht es euch gut?« fragt er besorgt. Es gelingt mir zu nicken, obwohl ich vor Angst zittere und mein Magen wie zusammengeschnürt ist. Franziskas Lippen bluten. Ich suche nach einem Taschentuch und finde ein ganz sauberes, in dem nur in jeder Ecke ein Bonbon säuberlich eingewickelt ist.

»Ist das nicht aufregend?« flüstert Peter. »Genau wie in einem Abenteuerroman!«

»Ich hoffe, dass es den Piloten gut geht«, sagt Herr Bossy. »Der vordere Teil des Flugzeugs hat am meisten gelitten.«

Die Stewardess ist damit beschäftigt, eine alte Frau zu beruhigen, die hinten im Flugzeug sitzt. Dann kommt sie zu Herrn Bossy.

»Können Sie mir helfen, zu den Piloten vorzudringen?« fragt sie ihn. »Die Tür zum Cockpit öffnet sich nur nach innen und ist hoffentlich nicht verklemmt.« Tatsächlich lässt sie sich öffnen. Ich höre sie sprechen und verstehe, dass zumindest einer der Piloten unverletzt ist. Dann kommt die Stewardess wieder heraus und spricht zu den Fluggästen:

»Der Pilot hat keine Verletzungen, aber der Kopilot hat sich wahrscheinlich einen Arm gebrochen. Der Pilot möchte, dass wir das Flugzeug verlassen, und zwar so schnell wie möglich. Es besteht die Gefahr, dass das Flugzeug durch unser Gewicht immer mehr in den Boden einsinkt. In der Zwischenzeit will er versuchen, den Kontakt zum Flughafen in Manaus herzustellen.«

Herr Bossy hilft uns beim Losschnallen. Wir gehen zum Notausgang, wo die Stewardess uns hilft, auf den Boden zu gelangen.

Die alte Frau macht Schwierigkeiten. Die Stewardess muss sie ziehen, Herr Bossy sie schieben. Endlich ist sie draussen. Wir stehen auf nassem, schlammigem Boden, umgeben von hohen Bäumen. Ganz in der Nähe ist der Fluss.

Der dicke Mann hält seinem Freund immer wieder die Uhr unter die Nase.

»Wir müssten schon lange in Manaus sein«, beklagt er sich. »Mein Geschäft mit dem Gummi ist ins Wasser gefallen wegen diesem dummen Piloten, der nicht einmal genügend Benzin tanken konnte.«

Die Stewardess dreht sich um und runzelt die Stirn: »Durch den unvorhergesehenen Sturm haben wir viel mehr Benzin verbraucht als normalerweise.«

»Wozu gibt es denn einen Wetterdienst?« schimpft der Dicke weiter.

»Der Wetterdienst kann leider keine genauen Angaben für die Flüge über den Urwald machen«, antwortet sie höflich.

Herr und Frau Bossy haben den Piloten geholfen, aus ihrer Kabine zu klettern, und endlich sind wir wieder alle zusammen. Frau Bossy ist Krankenschwester und trägt immer ein Erste-Hilfe-Päckchen bei sich. Sie kümmert sich um den gebrochenen Arm des Kopiloten.

»Franziska«, sagt sie, »mach bitte meine Handtasche auf. Du findest darin eine Fläschchen mit der Aufschrift ›Pfefferminz-Balsam‹. Tu ein paar Tropfen davon in diesen Becher, füge ein bisschen Wasser hinzu, und gib das Ganze der älteren Dame zu trinken. Sie macht einen müden Eindruck.« Franziska befolgt Frau Bossys Anweisungen. Peter hilft Herrn Bossy, Gepäck aus dem beschädigten Flugzeug zu holen.

»Wir müssen alles herausholen, was uns helfen kann«, sagt der

Pilot. »Vor allem die Fluggäste, die Lebensmittel in ihrem Gepäck haben, sollten sie herausholen und verteilen.«

»Wir haben noch eine Plane im Flugzeug«, erinnert sich die Stewardess, »die sollte man auch herausholen.«

»Wohin sollen wir gehen?« fragt der Dicke, der Sagos heisst. »Wir können doch nicht hierbleiben!«

Sein Freund zuckt die Achseln. Er sieht aus wie ein Spanier. Seine Haut ist ganz dunkel, und seine Haare sind schwarz und glänzend.

»Das Funkgerät ist beim Absturz in die Brüche gegangen«, sagt er.

Der Kopilot dreht sich schnell um und fragt:

»Sind Sie ganz sicher? Haben Sie es schon ausprobiert?«

Der Spanier streckt die Hände aus und lächelt.

»Versuchen Sie es, wenn Sie wollen«, sagt er. »Ich arbeite als Radiotechniker in Madrid, darum kenne ich mich aus.«

Während er spricht, geht Herr Sagos zum Piloten, der mit finsterem Gesicht die Karte studiert.

»Was haben Sie vor? Werden wir hier überhaupt je wieder herauskommen?«

Der Pilot betrachtet ihn mit unbewegter Miene.

»Nach meiner Karte sind wir etwa hundert Kilometer von Manaus entfernt. Und solange wir in der Nähe des Flusses bleiben, können wir uns nicht verlieren. In einigen Stunden wird sich ein Spezialflugzeug auf die Suche nach uns machen. Ich hoffe, dass man unser Flugzeug sehen wird«, sagt er. »Wahrscheinlich wird von Manaus aus auch ein Rettungsschiff den Fluss hinuntergeschickt. Am besten lassen wir hier am Ufer ein deutlich sichtbares Zeichen zurück und machen uns auf den Weg in Richtung Manaus.«

»Das ist doch eine verrückte Idee!« protestiert Herr Sagos. »Mit diesen alten Frauen und kleinen Kindern werden wir nie in Manaus ankommen. Warum machen sich nicht die stärksten

Männer auf den Weg und lassen die Frauen und Kinder hier zurück, bis ein Rettungsflugzeug eintrifft?«

»Erstens, weil wir sie nicht ohne Schutz hier lassen können«, antwortet der Pilot frostig. »Und zweitens, weil hier überhaupt kein Flugzeug landen kann, selbst wenn man uns findet.«

»In jedem Fall werde ich nicht langsam mit ihnen durch die Gegend zotteln und wertvolle Zeit verlieren«, schreit Herr Sagos wütend. »Jeder sorgt für sich, ist mein Motto. Ich werde mir mein Gewehr unter den Arm klemmen und ein wenig Gepäck. Und dann werden sich mein Freund und ich selbständig machen.«

»Machen Sie, was Sie wollen«, antwortet der Pilot trocken. »Aber ich warne Sie: die Gruppe bedeutet Sicherheit. In dem Augenblick, wo Sie die Gruppe verlassen, bin ich nicht mehr für Sie verantwortlich.«

Ehrlich gesagt, ich bin froh, wenn Herr Sagos und sein Freund uns in Ruhe lassen und ihren eigenen Weg gehen. Ich kann nicht verstehen, warum der Pilot versucht, sie von ihrem Plan abzubringen. Der Marsch wird ohne sie viel angenehmer sein.

Wir suchen die wichtigen und unerlässlichen Gepäckstücke zusammen und verteilen sie unter uns.

»Wir müssen irgendein Zeichen hierlassen«, überlegt der Pilot. »Sonst weiss das Rettungsflugzeug nicht, dass wir noch am Leben sind und welchen Weg wir eingeschlagen haben.«

»Wir könnten die Verbände aus unserer Erste-Hilfe-Kiste um einige Äste wickeln, diesen als Pfeil in Flussaufwärtsrichtung legen und daneben mit Steinen in den Sand schreiben: ›gerettet‹«, schlägt die Stewardess vor.

Das ist eine gute Idee, die wir gleich in die Tat umsetzen. Dann sind wir bereit, uns auf den Weg zu machen.

Da fragt Herr Bossy den Pilot: »Würde es Sie stören, wenn wir zusammen beteten, bevor wir uns auf den Weg machen? Ich finde, wir sollten uns Gott anvertrauen, bevor wir den langen Marsch antreten.«

Der Pilot hebt seine Mütze und sagt:

»Aber gerne, Herr Bossy. Beten Sie mit uns.«

Das ist eine ungewohnte Gebetsversammlung. Wir stehen alle, senken die Köpfe, schliessen die Augen, und Herr Bossy bittet Gott, uns auf dem Weg zu bewahren und uns Hilfe zu schicken.

»Wenn wir wieder zu Hause sind und mein Deutschlehrer den üblichen Ferienaufsatz verlangt, dann werde ich ihm eine Geschichte vorsetzen können, die ihm alle Haare zu Berge stehen lässt«, freut sich Peter.

Für Peter ist das Ganze ein grosses Abenteuer, das uns unsere Reise besonders interessant gestalten soll.

»Passt auf die Schlangen auf«, sagt Herr Bossy. »Und versucht nicht, durchs Unterholz zu gehen, sondern geht lieber im Gänsemarsch hintereinander her.«

Der Pilot geht an der Spitze der Kolonne. So kann er uns mit seinen dicken Stiefeln den Weg etwas ebnen.

Die Stewardess führt die alte Frau, die jetzt sehr tapfer ist. Frau Bossy und Franziska gehen am Ende der Kolonne.

»Hier ist ein Weg«, sagt jemand. »Er ist etwas breiter und bequemer als unserer. Es sieht aus, als würde er des öfteren benutzt.«

»Der führt vielleicht in ein Dorf«, sagt Herr Bossy. »Hier gibt es viele Indianerdörfer und auch kleine brasilianische Handelsplätze. Vielleicht folgen wir wirklich besser dem breiten Weg. Solange wir den Fluss sehen können, verlaufen wir uns nicht.«

»Vielleicht ist Herr Sagos auch diesen Weg gegangen«, sagt der Pilot. »Aber ich glaube nicht, dass wir ihn einholen werden.«

»Hast du Angst?« fragt mich Franziska während des Marsches.

»Ein wenig.«

»Ich nicht«, unterbricht Peter. »Aber ich habe unheimlichen Hunger und Durst.«

»Wir werden bald eine Pause machen«, sagt Herr Bossy. »Ich habe noch ein paar Früchte und einige Plätzchen in meiner Tasche. Wir werden bestimmt noch vor Einbruch der Dunkelheit in einem Indianerdorf ankommen. Ich glaube, dass diese Gegend bewohnt ist.«

»Ich mache mir Sorgen um den Kopiloten mit dem gebrochenen Arm«, sagt seine Frau. »Er sieht so bleich aus. Sein Arm muss ihm sehr weh tun. Meinst du nicht, wir sollten bald anhalten und unser Lager für die Nacht aufschlagen?«

»Diese Gegend ist nicht sehr geeignet«, meint Herr Bossy. »Hier gibt es zu viele Moskitos, und alles ist ganz feucht. Wir müssen irgendwo eine Lichtung finden. Die wird sich besser für ein Nachtlager eignen.«

Müde setze ich einen Fuss vor den andern. Ich versuche, nicht an mein warmes Bett oder ein leckeres Abendbrot zu denken, um mir das Marschieren nicht noch unnötig zu erschweren.

Franziska ist ganz still geworden. Ich schaue zu ihr hinüber und stelle fest, dass sie weint.

»Weine nicht«, versuche ich sie aufzumuntern und nehme ihre Hand. »Du wirst sehen, es wird alles gut enden. Und ausserdem, findest du es nicht aufregend, ein richtiges Abenteuer zu erleben?«

»Nein«, jammert sie. »Das gefällt mir nicht. Es ist alles so trostlos und feucht. Ich möchte zu Mami nach Hause.«

»Sei nicht dumm«, sagt Peter ungeduldig. »Du kannst nicht zu Hause sein, also sprich nicht davon.«

Ich gestehe mir ein, dass ich auch gern bei meiner Mami wäre.

»Weisst du, Franziska, wir werden bald bei mir zu Hause sein. Da wirst du dich auch wohl fühlen.«

»Das ist nicht dasselbe«, sagt sie dumpf. »Ich möchte gern bei

Mami und Papa sein und in meinem Bett. Und bei Tiger.« Und sie fängt wieder zu schluchzen an.

»Du hast eben keine so tollen Ferien verdient«, schimpft Peter. »Du heulst wie ein Säugling, kaum dass etwas schiefgeht. Dabei haben wir doch Gott gebeten, uns zu bewahren. Er wird es tun, alles wird gut werden.«

Ich schaue ihn erstaunt an.

»Glaubst du das wirklich, Peter?« frage ich ihn.

Verlegen schiebt er einen Stein weg, der ihm in die Quere kommt.

»Warum sollen wir denn beten, wenn wir Gott nicht vertrauen?« antwortet er. »Man spürt doch, dass man jemanden braucht, der einem hilft, wenn man in einer so schwierigen Lage ist wie wir.«

Wir sind etwas weiter in den Busch gekommen auf der Suche nach einem geeigneten Platz, um unser Nachtlager aufzuschlagen. Da vernehmen wir plötzlich einen seltsamen Lärm. Es hört sich an wie die Kräne auf dem Fluss bei uns zu Hause, wenn Nebel ist. Eine Mischung von Sirenengeheul und Knirschen. Herr Bossy hält einen Augenblick an und dreht sich um:

»Ein Schiff voll Vieh!« sagt er. »Welche Antwort auf unser Gebet! Sie sind bestimmt dabei, Vieh nach Manaus zu transportieren. Schnell, wir müssen sie aufhalten!«

Er rennt den Weg zurück, und die meisten von uns folgen ihm. Zwischen den Bäumen hindurch können wir das Schiff erkennen. Es ist ein Schleppkahn mit einem Zaun für das Vieh und einem Schuppen in der Mitte. Das Schiff fährt flussaufwärts. Keiner scheint uns gesehen noch unsere Rufe gehört zu haben.

»Hallo!« schreit Herr Bossy, indem er seine Hände zu einem Trichter formt. »Hallo! Hallo!«

Aber das Vieh auf dem Schiff bewegt sich hin und her und macht solch einen Lärm, dass unsere Rufe übertönt werden. Wir erreichen den Fluss in dem Augenblick, als das Schiff hinter einer

Biegung verschwindet. Der Pilot legt seine Hand an die Stirn.

»Zu spät. Es ist weg«, sagt er traurig. »Wenn wir nur schneller am Fluss gewesen wären, oder wenn dieses dumme Vieh wenigstens einen Augenblick still gewesen wäre.«

Franziska hat uns mittlerweile auch erreicht.

»Du hast gesagt, Gott werde sich um uns kümmern«, sagt sie vorwurfsvoll zu Peter. »Aber er hat es nicht getan. Sonst wären wir nicht zu spät hier angekommen.«

Peter beisst sich auf die Lippen und überlegt.

»Es muss einen Grund haben«, sagt er. »Und wir werden es bald erfahren.«

Ich öffne den Mund vor Erstaunen. Ist das noch derselbe Peter, der behauptet hat, das Gebet würde sowieso nichts nützen, und deshalb wollte er es gar nicht erst versuchen? Und jetzt ist er überzeugter als ich.

Ich nehme ein Bonbon aus meinem Taschentuch und gebe es Franziska in der Hoffnung, sie damit etwas zu trösten.

14. Eine Nacht im Dschungel

Die nächsten zwei Stunden versuchen wir, unsere grosse Enttäuschung zu vergessen. Deshalb beschäftigen wir uns sofort. Herr Bossy hat in seinem Gepäck einige Angelhaken.

»Schaut, ob ihr eine kleine Pflanze mit violetten Beeren an einem roten Stiel findet«, sagt er. »Das ist ein guter Köder für die Fische.«

Peter hat eine eigene Idee. Er gräbt in der feuchten Erde um einen faulen Baumstamm herum, und bald hat er eine Menge kleiner Würmer gefunden, die ebenfalls ausgezeichnete Köder sind.

Herr Bossy lobt ihn. »Befestigt die Köder an den Haken. Wir müssen mehrere Fische für unser Abendessen fangen, wenn wir alle satt werden wollen.«

Frau Bossy zeigt den Frauen, wie man aus Palmwedeln eine einfache Hütte bauen kann. Sogar die alte Frau schürzt ihren langen Rock etwas hoch und hilft Franziska, Holz einzusammeln. Der Pilot und einige Männer suchen den Wald nach einer Fährte ab, während die Stewardess ein Feuer entfacht.

»Ich sehe aus wie ein Zigeuner«, lacht sie. »Zum Glück haben wir wenigstens einen Topf und eine Pfanne aus dem Flugzeug retten können. Ich habe sogar Kaffee und Dosenmilch. So können wir wenigstens heissen Kaffee trinken, wenn wir nichts zu essen finden sollten.«

»Hier kommt die Nachspeise!« ruft der Pilot, während die andern Männer erscheinen, die Arme voller Bananen. »Ganz in der Nähe ist eine verlassene Plantage. Aber es sind nur noch ein paar morsche Hütten dort. Wie war denn der Fischfang?«

Als Antwort schwingt Peter einen langen glänzenden Fisch durch die Luft.

»Ich habe einen gefangen«, verkündet er stolz. »Schaut nur, wie gross er ist!« Und bald liegen viele Fische am Ufer. Herr

Bossy trennt ihre Köpfe ab und nimmt sie aus mit einer Geschwindigkeit, die verrät, dass er das nicht zum ersten Mal tut. Er zeigt der Stewardess, wie sie die Fische in feuchte Blätter einwickeln und in die heisse Asche am Rand des Feuers legen soll. Dann schickt er mich fort, um grosse, runde Blätter zu holen, die uns als Teller dienen sollen.

»Ist das Abendessen bald fertig?« fragt der immer hungrige Peter. »Ich sterbe wirklich bald vor Hunger!«

Ja, das Abendessen ist fertig, und es ist ausgezeichnet. Jeder von uns vertilgt einen ganzen Fisch, mehrere Bananen und trinkt Kaffee. Die Stewardess hat nur einige wenige Tassen, aber Frau Bossy zeigt uns, wie wir Kokosnüsse in zwei Teile schneiden können und dann zwei Tassen erhalten. Darin schmeckt der Kaffee ganz besonders gut.

»Ich möchte gern wissen, was Herr Sagos und sein Freund machen«, sagt Peter. »Sie haben bestimmt kein so gutes Abendessen gehabt wie wir.«

»Es war ein grosser Fehler, sich von uns zu trennen«, sagt der Pilot. »Aber ich konnte sie nicht zwingen, bei uns zu bleiben.«

»Wenn sie gewohnt sind, im Urwald zu leben, wird es schon gehen«, bemerkt Herr Bossy. »Keiner muss hier vor Hunger umkommen, wenn er sich ein wenig in der Natur auskennt.«

»Vielleicht ist es ihnen auch gelungen, vom Schiff mitgenommen zu werden«, überlegt ein anderer.

»Das ist nicht ausgeschlossen, wenn sie näher am Fluss waren als wir. Ich wünschte es ihnen«, sagt der Pilot. »Dann können sie der Rettungsmannschaft auch sagen, wo sie uns finden kann.«

»Eigentlich haben wir viel Grund, dankbar zu sein! Wir haben zu essen, es ist warm, wir haben eine Hütte für die Nacht, und wir haben Gott als Beschützer. Sollten wir ihn nicht noch einmal bitten, uns auch weiterhin zu beschützen und uns bald nach Manaus zu bringen?« schlägt Herr Bossy vor.

Jedermann ist einverstanden. Wir sitzen ums Feuer herum, während Herr Bossy betet.

Dann singt seine Frau mit ihrer schönen hellen und weichen Stimme ein Lied, und wer es kennt, stimmt in den Refrain mit ein.

»Joel könnte doch das Lied der Pfadfinder singen«, schlägt plötzlich Franziska vor. »Er hat es schon einmal bei uns gesungen, als wir draussen im Garten im Zelt übernachtet haben.«

Ich spüre, wie mir das Blut in den Kopf steigt, und versuche, sie zum Schweigen zu bringen. Aber Herr Bossy hat sie verstanden und wendet sich zu mir. Er legt seinen Arm um meine Schultern und bittet:

»Sing doch bitte für uns, Joel!«

So fange ich zitternd an. Alle sind ganz ruhig, und auf einmal habe ich keine Angst mehr:

»Der Tag ist vergangen, die Sonn scheint nicht mehr.
Sie ist hinter den Bergen untergegangen.
Alles ist gut, darum schlafe getrost!
Gott ist ganz nah!«

Ja, alles ist gut, obwohl unser Bett aus einigen Mänteln besteht und unser Dach aus Palmwedeln.

»...darum schlafe getrost! Gott ist ganz nah!«

Ich weiss, dass wir gut schlafen werden. Meine Augen werden schon ganz schwer, und Franziska gähnt hinter vorgehaltener Hand.

»Gott ist ganz nah!« Davon bin ich überzeugt. Und Peter auch. Ich kann es sehen, wie sein Gesicht im Feuerschein friedlich und glücklich aussieht.

Alles ist still. Man hört nur noch das Feuer knistern, und gelegentlich schreit ein Vogel. Von Zeit zu Zeit kann man sogar weit entfernt das Brüllen eines wilden Tieres hören, das auf der Jagd nach Beute ist. Es läuft mir kalt den Rücken hinunter.

»Wir lassen das Feuer die ganze Nacht hindurch brennen«, sagt Herr Bossy und schaut zum Piloten. »Und auf der andern Seite unseres Lagers müssen wir auch noch ein Feuer machen, um die Tiere fernzuhalten.«

Franziska ist an Frau Bossys Schulter eingeschlafen. Sie rührt sich kaum, als Herr Bossy sie nimmt und in der Hütte auf den Boden legt. Peter legt sich neben sie und ich mich neben Peter. Müde schauen wir zu, wie die Männer noch ein Feuer machen. Dann legen sich auch die Erwachsenen für die Nacht hin.

»Einer muss immer Wache stehen«, sagt der Pilot und stellt sich als erster zur Verfügung.

Da fallen mir Mama und Papa ein. Was müssen sie sich für Sorgen um uns machen, weil sie nicht wissen, was unserem Flugzeug zugestossen ist! Aber ich weiss, dass sie für uns beten, und sie werden glücklich sein, wenn sie erfahren, wie Gott ihre Gebete erhört hat.

Peter und Franziska schlafen friedlich. Peter hat seinen Arm zum Schutz um Franziska gelegt. Endlich schlafe auch ich ein...

Am anderen Morgen waschen wir uns im Fluss. Dann essen wir Früchte, Kokosnüsse und Plätzchen. Frisch gestärkt machen wir uns wieder auf den Weg.

»Es tut mir richtig leid, von hier weggehen zu müssen«, sagt Franziska. »Zuletzt hat es mir hier richtig gefallen.«

»Wir werden uns heute abend ein neues gemütliches Nachtlager bauen«, verspricht Frau Bossy und nimmt Franziska an die Hand.

»Wir werden jetzt bis zur Mittagszeit marschieren«, verkündet der Pilot. »Dann werden wir uns zwei Stunden ausruhen und etwas essen. Wir wollen versuchen, fürs Abendessen ein Wild zu erlegen.«

»Wir könnten hier leicht auf eine Horde Wildschweine stossen«, sagt Herr Bossy. »Es muss hier viele geben.«

Der Weg, dem wir folgen, ist an einigen Stellen vollständig zugewachsen. Wir müssen sehr aufpassen, damit wir ihn nicht verfehlen.

Um die Mittagszeit suchen wir uns einen Platz, an dem wir ausruhen können. Plötzlich wird die Stille durch einen Knall unterbrochen, und augenblicklich füllt sich die Luft mit Flügelschlägen, denn überall fliegen aufgeschreckte Vögel hoch.

Der Pilot dreht sich so schnell herum, dass Peter, der dicht hinter ihm folgt, gegen ihn stösst.

»Das war ein Gewehrschuss!« sagt er. Und gleich darauf ertönt ein weiterer Schuss.

»Bleibt hier«, sagt er. »Herr Bossy und ich werden nachsehen, was dort vor sich geht.«

Frau Bossy macht sich Sorgen. »Passt ja auf«, fleht sie die Männer an. »Achtet darauf, dass ihr gesehen werdet, damit nicht etwa ein Unfall passiert und ihr getötet werdet.«

Wir setzen uns, um auf die beiden Männer zu warten. Die Stille lastet schwer auf uns. Plötzlich hört man Schritte, und kurz darauf erscheint Herr Bossy ausser Atem.

»Herr Sagos«, sagt er. »Schlangenbiss. Wo ist der Verbandkasten? Es eilt, denn es geht ihm schlecht.«

Frau Bossy packt den Erste-Hilfe-Kasten und folgt ihrem Mann sofort. Wir andern packen unsere Sachen und folgen ebenfalls.

Herr Sagos liegt am Boden, sein sonst so rotes Gesicht ist ganz grau und eingefallen. Sein Freund sitzt auf einem umgestürzten Baumstamm und hält sein Gewehr auf den Knien. Er raucht hastig eine Zigarette.

Herr Bossy zwingt Herrn Sagos, ein Medikament zu schlucken.

Frau Bossy gibt ihm eine Spritze.

»Leg ihn besser auf einen Mantel«, sagt sie zu ihrem Mann. »Die Erde ist zu feucht.«

»Wird er's überleben?« fragt der Freund und wischt sich den Schweiss von der Stirn.

»Ich hoffe es«, erwidert Herr Bossy. »Zum Glück haben Sie die Schlange getötet. So konnten wir sehen, um welche Art es sich handelt. Und glücklicherweise haben wir Ihren Schuss gehört.«

»Es ist uns schlecht ergangen«, gesteht der Mann. »Ich habe mir hundertmal gewünscht, dass wir Sie nie verlassen hätten. Aber mein Freund wollte nichts davon wissen. Man fühlt sich hier ganz schön einsam«, fügt er hinzu und schaut mit ängstlichem Blick in den Dschungel um sich herum.

»Wie kommt es, dass Sie nicht weiter sind als wir?« fragt der Pilot.

»Wir haben uns verlaufen«, antwortet der kleine Mann. »Mein Freund glaubte, einen besseren Weg gefunden zu haben, aber dabei haben wir uns immer mehr vom Fluss entfernt. Wir brauchten zehn Stunden, um ihn wiederzufinden.«

»Dann haben Sie das Schiff mit den Tieren gar nicht gesehen?«

Der Mann schüttelt den Kopf.

»Wir haben nur Bäume, Büsche, Pflanzen und riesige Spinnen gesehen. Und diese dummen Affen, die sich neben uns setzten und nicht aufhörten zu schwatzen, bis wir bald verrückt wurden. Und dann eben die Schlangen«, fügt er hinzu.

Jemand berührt meinen Arm. Ich drehe mich um und schaue Peter ins Gesicht.

»Ich hab dir gesagt, dass es einen Grund haben muss«, flüstert er mir zu.

»Was für einen Grund?« frage ich verwirrt.

»Ich finde, das ist ein sehr guter Grund. Darum hat uns Gott das Schiff verpassen lassen.«

»Wovon sprichst du eigentlich?«

»Von Herrn Sagos und seinem Schlangenbiss! Wenn wir das Schiff erreicht hätten, wäre er jetzt tot!«

»Ich glaube, du hast recht«, erwidere ich leise nach einer kleinen Pause.

»Ich hoffe, dass er nicht sterben wird«, sagt Peter plötzlich. »Wenn er stirbt, dann ist Gottes Plan nicht in Erfüllung gegangen.«

Ein merkwürdiger Grund zu hoffen, dass es dem Kranken bald besser gehen möge! Aber ich verstehe, was Peter meint.

15. Die Indianer

»Wir müssen eine Art Bahre bauen, um Herrn Sagos transportieren zu können«, sagt Herr Bossy.

»Ich habe eine Idee!« sagt Peter. »In der Schule haben wir gelernt, wie man mit zwei Mänteln und Stöcken, die man durch die Ärmel steckt, eine Bahre macht.«

»Das ist eine gute Idee«, sagt Herr Bossy. »Wir wollen zwei starke Äste abhauen und dann versuchen, ob es klappt.«

So basteln sie eine Bahre, die zwar etwas grob aussieht, aber doch stabil und recht bequem ist.

Zwei Männer legen den Kranken darauf, und zwei weitere bieten sich an, als erste die Bahre zu tragen. So ist es für alle Beteiligten nicht zu schwer.

»Wir wollen versuchen, den Fluss nicht aus den Augen zu lassen«, sagt der Pilot.

Der Freund von Herrn Sagos geht neben der Bahre. Er sieht fast aus wie ein kleiner Hund, der seinen Herrn bewacht.

Wir weichen nicht vom Weg ab. Manchmal ist er stärker zugewachsen, manchmal breiter und frei. Dann kommen wir schneller voran.

Gegen Mittag vernehmen wir ein seltsames Kreischen einige Meter von uns entfernt im Busch. Herr Bossy hebt die Hand, und die Träger setzen die Bahre sorgfältig auf den Boden und wischen sich erleichtert den Schweiss von der Stirn.

»Das ist ein wilder Truthahn«, sagt Herr Bossy leise. »Wir müssen versuchen, ihn zu schiessen. Kommen Sie mit?« bittet er einige Männer.

Drei Männer gehen mit Herrn Bossy ins Gestrüpp. Ich benutze diese Pause, um mit Hilfe meines Taschenmessers einen Dorn aus Franziskas Hand zu entfernen.

»Ganz schön warm!« stellt Peter fest. Mit seinen schmutzigen

Händen wischt er sich den Schweiss von der Stirn – und hat dafür nachher ein schwarzes Gesicht!

Frau Bossy hat Herrn Sagos eine neue Spritze gemacht. Sie gibt ihm auch zu trinken. Jetzt kommt sie zu uns:

»Geht zum Fluss«, sagt sie. »Wenn er nicht zu tief ist, könnt ihr darin ein wenig baden.«

Diese Aussicht begeistert uns. Schnell sind wir am Fluss angelangt, denn das Ufer ist an den meisten Stellen sehr flach. Der Flussboden besteht aus feinem Sand.

»Bleibt am Rand, geht nicht zu weit hinein. Ich weiss nicht, wie tief es in der Mitte ist«, sagt Frau Bossy, die mit uns gekommen ist.

Als die Erwachsenen uns sehen, folgen sie schnell unserem Beispiel. Sogar die alte Frau zieht ihre Schuhe und ihre schwarzen Strümpfe aus und geht mit den Beinen ins Wasser.

Da hören wir die ersten Schüsse. Hoffentlich ist es den Jägern gelungen, den Truthahn zu erlegen, denn wir sind alle sehr hungrig.

Auch die Moskitos scheinen hungrig zu sein, darum ziehen wir uns schnell wieder an, bevor wir ganz zerstochen sind.

»Auf dieser Palme«, sagt Frau Bossy und zeigt auf eine Palme mit besonders feinen Blättern, »ist oben in der Krone ein köstlich zartes Herz, das man essen kann. Wir müssen sehen, ob wir die Palme umlegen können.«

Die Stewardess bringt eine kleine Axt, die zu der Notausrüstung des Flugzeugs gehört. Die Männer versuchen, einer nach dem andern, den Stamm umzulegen. Bald fällt der kleine Baum krachend zu Boden. Hinter uns pfeift jemand.

»Die Jäger sind da«, ruft einer. »Und sie haben mehrere Truthähne!«

Es handelt sich tatsächlich um wilde Truthähne. Schnell werden sie gerupft und an Spiessen gebraten. Sie schmecken herrlich. Dazu essen wir das Palmherz, das ähnlich erfrischend schmeckt wie Sellerie.

Die Frauen haben für unseren Kranken eine Truthahnbrühe zubereitet, die er langsam trinkt. Es scheint ihm viel besser zu gehen.

»Zum Glück haben Sie mich heute morgen gefunden, Herr Bossy!« sagt der Kranke. »Sonst würde ich jetzt wahrscheinlich nicht mehr leben.«

»Wir glauben nicht an Glück und Zufall«, antwortet Herr Bossy. »Wir glauben, dass Gott uns zu Ihnen geführt hat.«

»Ja, und Ihretwegen hat er uns das Schiff verpassen lassen«, fügt Peter hinzu.

Ich boxe ihn in die Seite, denn wir sollen uns doch nicht in die Unterhaltung der Erwachsenen einmischen.

Aber Herr Sagos dreht sich um, um zu sehen, wer geredet hat.

»Was willst du damit sagen, Kleiner?« fragt er neugierig.

Peter errötet und fühlt sich etwas unbequem. Geschieht ihm recht! Das wird ihn lehren, sich nicht in alles einzumischen.

»Ich wollte sagen«, fängt er langsam an, »wir haben ein Schiff gehört, das Tiere transportiert. Gestern abend. Das Schiff fuhr flussaufwärts. Aber als wir am Fluss ankamen, verschwand das Schiff gerade hinter der nächsten Biegung.«

»Wir haben wie die Verrückten geschrien, aber man hat uns nicht gehört«, ergänzt Franziska.

»Weil das Vieh soviel Lärm machte!« füge ich hinzu, um nicht zurückzubleiben.

»Wir haben gebetet, dass wir bald und gesund aus dem Busch herauskämen«, fährt Peter fort. »Und als wir dann das Schiff verpassten, schien es erst, als hätte Gott unser Gebet nicht erhört. Aber wenn wir mit dem Schiff davongefahren wären, hätten wir nicht gehört, wie Ihr Freund die Schlange erschossen hat, und Sie wären jetzt wahrscheinlich tot«, schliesst er.

»Es macht tatsächlich den Eindruck, dass alles aufs beste geplant war«, sagt Herr Sagos. »Ich gestehe, dass ich verrückt war, anzunehmen, ich könnte diese Reise allein machen.«

»Man muss den Urwald eben kennen«, sagt Peter, als hätte er sein Leben lang hier gewohnt.

»Mir geht es schon viel besser«, sagt Herr Sagos und streckt sich. »Ich glaube, ich kann jetzt wieder allein gehen.«

»Das wäre noch zu früh«, erwidert Herr Bossy, indem er die Stelle untersucht, an der Herr Sagos gebissen wurde. »Die Stelle ist noch zu sehr entzündet. Sie müssen noch etwas warten. Es könnte sonst schlimme Folgen haben.«

So machen wir uns wieder auf den Weg.

Unterwegs entdecken wir schöne Blumen, die wir noch nie gesehen haben. Einige sind so gross und glänzen so sehr, dass sie fast wie künstliche Blumen aussehen. Aber sie sind echt. Ich pflücke einige der grossen roten Blumen und mache eine Halskette für Franziska. Mit ihren blonden Haaren und diesem Schmuck sieht sie fast aus wie eine kleine Prinzessin. So müsste Tante Anni ihre Tochter sehen können.

Je weiter wir vorankommen, desto breiter und freier wird der Weg. Es gibt hier fast keine Bäume mehr.

»Dieser Weg wird regelmäßig benutzt«, sagt Herr Bossy. »Der führt bestimmt in ein Dorf.«

»In ein Indianerdorf?« fragt Peter, und in seinen Augen glänzt die Abenteuerlust.

»Wahrscheinlich«, antwortet Herr Bossy lächelnd. »Aber versteife dich nicht darauf, ich kann mich täuschen.«

Doch er hatte recht. Bald gelangen wir an einen freien Platz, an dem Früchte und Gemüse gepflanzt sind. Ich erkenne die Bananen. Peter will gerade eine abreissen.

»Berührt sie nicht«, warnt Herr Bossy. »Diese Bananen sind angepflanzt, sie gehören dem Dorf. Wir können den Leuten anbieten, gegen einen Gegenstand Bananen einzutauschen. Aber wir sollten nichts stehlen.«

Das Dorf kommt in Sicht. Ein paar Hütten mit Strohdächern, die fast bis auf den Boden reichen, stehen in einem Kreis nebeneinander. Auf einer Seite der Lichtung spielen kleine braunhäutige Kinder mit einem roten Affen. Die Kinder tragen Halsketten aus buntbemalten Körnern und Tücher, die um den Bauch befestigt sind.

Einige Frauen sind dabei, vor den Hütten eine Mahlzeit vorzubereiten, während zwei oder drei Männer in Hängematten liegen. Sie schnitzen Speere, die sie mit bunten Federn schmücken.

Wir halten alle am Rand der Lichtung an. Nur Herr Bossy und der Pilot gehen langsam zu den Hütten. Sie lachen den Indianern entgegen und strecken ihnen die Hände hin – als Zeichen des Friedens. Die Männer springen aus ihren Hängematten und kommen ihnen entgegen. Ihre Gesichter sind zuerst ernst und spiegeln deutlich ihre Verwirrung wider. Doch dann hellen sie sich auf, denn sie beginnen zu verstehen, dass wir Freunde sind.

Wir verleben eine interessante Zeit im Dorf. Die Kinder lassen uns mit einem Affen spielen. Der scheint ganz schlau zu sein und schneidet viele Grimassen. Dann haben sie noch ein Affenbaby, das fast wie eine kleine Katze aussieht, und eine Art Eichhörnchen, die sich um unsere Hälse rollen wie ein weiches Pelzhalstuch.

Wir verstehen kein Wort von dem, was die Kinder sagen. Und sie verstehen uns auch nicht. Die kleinen Mädchen sind beeindruckt von Franziskas langem blondem Haar. Sie hat ihren Pferdeschwanz aufgemacht, so dass die Haare auf ihre Schultern fallen.

Die kleinen Indianerinnen fahren mit ihren Händen durch ihr hartes schwarzes Haar und berühren dann Franziskas Haar; dabei stossen sie Töne der Bewunderung aus.

Wir versammeln uns vor der grössten Hütte und bekommen dort zu essen vorgesetzt. Es sind lauter seltsame Sachen, die wir da in Holzschüsselchen serviert bekommen.

Herr Bossy gibt den Indianern Angelhaken und einen kleinen Spiegel, den Frau Bossy in ihrer Handtasche hatte. Entzückt reichen sie den Spiegel von einem zum andern.

»Gehen sie zur Schule?« fragt Peter plötzlich.

»Nein, keiner von ihnen kann lesen oder schreiben.«

»Die Glückspilze«, sagt Franziska.

»Ich glaube nicht, dass du wie sie leben wolltest«, entgegnet Frau Bossy. »Sie haben keine Ärzte, keine Medikamente. Aber aus den Städten sind Krankheiten zu ihnen verschleppt worden, an denen nun viele Indianer sterben.«

»Haben sie denn kein Krankenhaus?«

»Nein. Es gibt nicht einmal einen Erste-Hilfe-Posten. Wir würden sie gern besuchen, aber ohne Schiff können wir es einfach nicht.«

»Warum haben Sie denn kein Schiff?« fragt Herr Sagos erstaunt.

»Die Schiffe sind sehr teuer. Und unsere Mission ist klein«, erwidert Herr Bossy. »Wir hoffen, dass wir eines Tages eines kaufen können. Dann werden wir viel mehr Dörfer erreichen können. Stellen Sie sich vor, kein einziger dieser Menschen hat je den Namen Jesus gehört. Noch viel weniger ahnen sie, dass er auf diese Erde gekommen ist und ihnen ihre Sünden vergeben kann.«

»Sie scheinen aber ziemlich glücklich zu sein«, meint Herr Sagos. »Ich verstehe nicht, warum man sie nicht in Ruhe lässt.«

»Sie sehen in diesem Augenblick nur die eine Seite der Münze«, antwortet Herr Bossy. »Sie sollten sie einmal sehen, wenn sie am Feiern sind und jeder betrunken ist von dem Wein, den sie sich selbst brauen, und wenn sie sich dann prügeln, bis einige tot liegenbleiben. Oder Sie sollten einmal am Bett eines Kranken stehen und sehen, wie er vor Angst und Aberglauben fast den Verstand verliert und einen Zauberer bittet, ihn wieder gesund zu machen.

Verstehen Sie nicht, warum wir ihnen so gern die gute Nachricht erzählen würden, das Evangelium von Gottes Liebe in Jesus Christus?«

Herr Sagos erwidert nichts. Aber er denkt nach, das kann man sehen.

»Ich glaube, das wird unsere letzte Nacht im Busch sein«, unterbricht der Pilot plötzlich die Stille. »Wenn man von Manaus aus ein Schiff geschickt hat, müssten sie uns eigentlich morgen erreichen.«

»Und dann sollen wir wieder normal weiterleben«, schimpft Peter. »Wir werden uns wieder am Waschbecken waschen und in richtigen Betten schlafen müssen. Ich möchte am liebsten immer im Urwald bleiben!«

16. Das Geheimnis des Herrn Sagos

Ungern verlassen wir am nächsten Morgen unsere Indianer-Freunde. Franziska schenkt einem der kleinen Mädchen ihre Halskette, die aus kleinen bunten Blumen besteht. Ich schenke einem der Jungen einen Bleistiftspitzer (ich weiss zwar, dass er keine Bleistifte besitzt, die er spitzen könnte), und er hängt ihn sofort mit einer Schnur um seinen Hals. Die andern Kinder scheinen etwas neidisch zu sein. Aber Frau Bossy zieht aus ihrer unerschöpflichen Tasche ein Päckchen mit Sicherheitsnadeln und schenkt jedem Kind eine. Sie sind glücklich und befestigen sie an ihren Tüchern; dann rennen sie zu ihren Eltern, um ihnen ihre neueste Errungenschaft zu zeigen.

Herr Sagos kann heute wieder gehen. Er ist jetzt auch viel netter als vorher. Er geht mit Franziska und mir am Schluss der Kolonne und nennt uns den Namen von vielen Blumen und Bäumen, denen wir begegnen.

Gegen Mittag machen wir wieder halt. Frau Bossy und die Stewardess machen ein Feuer, während einige Männer fischen. Plötzlich schreit Peter:

»Seht! Ein Schiff! Ein Schiff!«

Jeder will zuerst am Fluss sein. Vielleicht sind sie auf der Suche nach uns!

Das Schiff kommt immer näher. Es sieht aus wie ein Schleppkahn, der ganz langsam fährt, und kommt direkt auf uns zu. Nun entdecken wir auch Leute vorn auf dem Deck. Mein Herz schlägt ganz wild. Vielleicht sind Mami und Papa dabei?! Aber man kann noch niemanden erkennen. Herr Sagos klopft mir auf die Achsel, und etwas ärgerlich über diese Störung in meiner Beobachtung drehe ich mich um.

»Hier«, sagt er und hält mir ein Fernglas hin. »Versuch's damit.«

Begeistert halte ich das Glas vor meine Augen. Doch ich sehe nur grosse Bäume, grüne Ufer und das schmutzige braune Wasser. Endlich erscheint das Schiff in meinem Blickfeld. Ich sehe die Menschen, die miteinander reden. Einige drehen mir den Rücken zu. Dann drehen sie sich um, und ich sehe sie von vorn. Das sind ja... Mami und Papa! Und noch einige Leute, die ich nicht kenne! Jetzt haben sie uns entdeckt. Papa stützt sich auf den Schiffsrand und winkt. Und Mami fährt mit ihrem Taschentuch über die Augen. Da merke ich, dass ich auch weine.

Die Tränen fliessen mir über die Backen, und mein Hals ist wie zugeschnürt. Ich stosse einen tiefen Seufzer aus und gebe Herrn Sagos das Fernglas zurück. Ohne ein Wort zu sagen, hält er mir sein Taschentuch hin, und ich schneuze tüchtig hinein.

»Das Schiff kommt heran«, sagt er leise. »Schnell, lauf zum Ufer hinunter. Dann bist du als erster auf dem Schiff.«

Jetzt ist das Schiff schon ganz nahe. Ich kann Papa und Mami ganz deutlich erkennen, und sie sehen mich auch. Nur noch wenige Meter trennen uns. Aber ich kann nicht mehr warten. Ich reisse mir die Schuhe von den Füssen und schwimme zum Schiff hinüber.

Papa lehnt sich über die Reling und hält mir die Hand hin. Ich ergreife sie, und er zieht mich hoch. Mami kniet nieder und drückt mich – nass wie ich bin – an sich. Wir weinen beide vor Freude, dass wir uns wiedersehen.

Plötzlich rufe ich aus: »Ich bin geschwommen, ich bin geschwommen! Hast du gesehen, Mami, ich kann schwimmen?«

»Aber natürlich, Joel«, sagt sie glücklich.

Wir legen am Ufer an, und alle gehen an Land. Ich halte Mami fest an der Hand, aber sie macht sich frei, um Franziska in die Arme zu schliessen.

»Du siehst gut aus, kleiner Schatz«, sagt Mami. »Du siehst fast so braun aus wie eine Indianerin.«

Franziska freut sich über diese netten Worte und lächelt.

»Wir haben auch wie Indianer gelebt«, sagt sie. »Mit Bananen, Kokosnüssen und Palmenhütten.«

»Die letzten Tage waren ganz toll«, sagt Peter und gibt Mami einen Kuss. »Ich hab gar keine Lust mehr, nach Hause zurückzukehren.«

Papa drückt dem Piloten die Hand.

»Wir sind erleichtert, Sie alle gesund zu sehen«, sagt er. »Wir haben uns wirklich Sorgen gemacht, als das Flugzeug nicht eintraf. Abends um acht Uhr ist in Manaus ein Flugzeug gestartet, um Sie zu suchen.«

»Haben Sie unser Zeichen gesehen?« fragt er.

»Ja, sehr bald«, antwortet Papa. »Und so sind wir so schnell wie möglich gekommen, um Sie zu retten. Es folgt uns gleich noch ein Schiff, damit wir Sie alle an Bord nehmen können.«

»Ich bin froh, die Verantwortung abgeben zu können«, sagt der Pilot erleichtert. »Es ist ja noch alles gut gegangen, ja es war geradezu ein aufregendes Abenteuer. Jeder hat geholfen, so gut er konnte.«

»Ausser mir«, sagt Herr Sagos leise. »Aber das ist eine andere Geschichte, und ich habe in diesen zwei Tagen manches gelernt. Wem gehört eigentlich dieses Schiff? Ich dachte, Ihre Mission besitzt keins.«

»Es gehört auch nicht uns«, erwidert Papa. »Aber wenn einer in Not ist, hilft jeder dem andern. Unsere Freunde von der amerikanischen Mission haben uns sofort ihr Schiff angeboten, und ein paar Männer sind auch mitgekommen, um Sie zu suchen.«

»Und wem gehört das da?« fragt Herr Sagos und zeigt auf ein schönes Boot mit einer Kabine, das jetzt auf uns zusteuert.

»Das gehört Herrn Vandervelde, einem belgischen Geologen. Er ist hier, um Öl zu suchen. Er besitzt ein eigenes Boot und wollte uns unbedingt begleiten.«

»Was für ein schönes Schiff!« sagt Herr Sagos bewundernd.

»Ja«, sagt Papa. »Es ist praktisch unsinkbar und hat Platz für acht Personen.«

»Das ist genau das, was Sie für Ihre Arbeit gebrauchen könnten«, fährt Herr Sagos fort, mehr zu sich selbst.

»Wir sind nicht so ehrgeizig«, sagt Papa lachend. »Ein Schiff, das halb so gross ist wie dieses, würde uns genügen.«

Wir brauchen noch zwei Tage, bis wir in Manaus sind. Aber selbst wenn es zwei Monate dauerte, wäre mir das egal. Jetzt bin ich wieder bei Mami und Papa. Nun mache ich mir auch keine Sorgen mehr. Und zudem macht es Spass, so lange auf einem Schiff zu reisen.

»Mir kommt alles wie ein langer Traum vor«, sagt Peter am zweiten Tag. Er lehnt sich über den Schiffsrand und streckt die Hände ins Wasser. »Wenn wir wieder zu Hause sind, werden wir es nicht mehr glauben können, dass das alles passiert ist. Als wir zum ersten Mal im Garten zelteten, hätten wir uns nie träumen lassen, dass wir eines Tages im Urwald schlafen würden.«

»Und als wir die Affen im Zoo sahen, hätten wir uns nicht träumen lassen, dass wir eines Tages mit einem echten Affen spielen würden«, fügt Franziska hinzu.

»Und als Gott uns lehrte, ihm zu vertrauen, als Tiger verschwunden war, dachten wir auch nicht, dass er uns später einmal helfen könnte«, sage ich.

»Ich habe ihm nicht vertraut«, sagt plötzlich Herr Sagos, der uns zugehört hat. »Aber ich weiss heute, dass er mich beschützt hat... Warum hat er mir wohl das Leben gerettet? Ich habe es doch nicht verdient! Ich bin ein schlechter Mensch!«

»Ich weiss auch nicht«, sagt Peter treuherzig. »Aber es muss einen Grund dafür geben. Joels Vater sagt zwar, man müsste manchmal Jahre warten, bis man den Grund erfährt. Und manchmal erfahren wir überhaupt nie, warum etwas so und nicht anders geschehen musste.«

»Ich glaube, dass Gott einen Grund hatte«, sagt Herr Sagos langsam. »Und diesmal musste ich nicht lange warten, bis ich ihn erkannte. Könnt ihr ein Geheimnis für euch behalten, ihr drei?«

Verwirrt nicken wir.

Herr Sagos beugt sich zu uns nieder, um nicht so laut sprechen zu müssen:

»Ich habe viel Geld auf der Bank, mehr, als ich während meines ganzen Lebens ausgeben kann. Und mit einem Teil dieses Geldes will ich etwas kaufen. Könnt ihr erraten, was?«

»Ist es etwas Grosses?« fragt Peter.

»Ja, ziemlich«, antwortet Herr Sagos und dreht sich nach dem Boot um, das uns folgt. »Ich werde ein Schiff kaufen. Dieses da, wenn Herr Vandervelde es mir verkaufen will. Sonst kaufe ich eben ein anderes, ein ähnliches.«

»Und was machen Sie damit?« fragt Franziska mit glänzenden Augen.

»Ich werde es der Mission deines Onkels schenken, kleine Franziska«, schliesst Herr Sagos strahlend. »Damit die Indianer, die wir kennenlernten, auch Ärzte bekommen können und Schulen, und damit sie von Gott erfahren, der sie liebt – auch so schlechte Menschen wie mich.«

Weitere Kinderbücher aus unserem Verlag:

Mark und die Zwillinge, von Mig Holder
62 Seiten, Taschenbuch, 10 Zeichnungen
Wie Mark beim Umzug half, wie er für das Fernsehen gefilmt wurde und andere Erlebnisse aus dem Alltag eines kleinen Jungen. Ab 6 Jahren.

Spuren im Schnee, von Patricia M. St. John
212 Seiten, Paperback, 27 Zeichnungen
Eine packende Erzählung aus den Schweizer Bergen mit einer klaren Christusbotschaft. Ab 8 Jahren.

Das Geheimnis von Wildenwald, von Patricia M. St. John
196 Seiten, Paperback, 22 Zeichnungen
Dieses Buch ist schon manchem Kind zu einer persönlichen Hilfe im Glauben geworden. Ab 8 Jahren.

Spuk im Turm? von André Adoul
61 Seiten, Taschenbuch, 6 Zeichnungen
Zwei abenteuerliche Erlebnisse, bei denen Tommy Jesus kennenlernt. Ab 8 Jahren.

Paulossie, der Eskimojunge, von Carole Briggs
58 Seiten, Taschenbuch, 25 Zeichnungen
Die kleinen und großen Abenteuer eines 8jährigen Eskimojungen. Ab 8 Jahren.

Hamid und Kinza, von Patricia M. St. John
204 Seiten, Paperback, 29 Zeichnungen
Ein marokkanischer Junge rettet auf gefährliche Weise seine kleine blinde Schwester. Ab 9 Jahren.

Der verschlossene Garten, von Patricia M. St. John
208 Seiten, Paperback, 19 Zeichnungen
Ein verwöhntes Stadtkind findet durch einen Aufenthalt voller Abenteuer auf dem Land die echte Lebensfreude. Ab 9 Jahren.

Die silberne Straße, von Patricia M. St. John
128 Seiten, Taschenbuch, 21 Zeichnungen
Die spannenden Erlebnisse von David, dem Sohn eines Missionsarztes. Ab 9 Jahren.

Bitte fordern Sie unser Gesamtverzeichnis an!

Der Bibellesebund ist eine internationale und kirchlich neutrale Bewegung. Als Hilfe für die tägliche stille Zeit gibt er drei verschiedene vierteljährlich erscheinende Hefte heraus, in denen für jeden Tag ein Bibelabschnitt angegeben und erklärt ist:

1. **Guter Start**
   Bibellesehilfe mit Erklärungen für Kinder ab 9 Jahren

2. **Geradeaus**
   Bibellesehilfe mit Erklärungen für junge Leute ab 14 Jahren

3. **Profil**
   Bibellesehilfe mit Erklärungen für junge Erwachsene

4. **Orientierung**
   Bibellesehilfe mit Erklärungen für Erwachsene

Zu beziehen bei den folgenden Zentralen des Bibellesebundes:

Schweiz:
Römerstraße 151, Winterthur

Deutschland:
Höfel Nr. 6, 5277 Marienheide 1

Österreich:
Postfach 237, 5021 Salzburg